U0092585

玩诗，玩小诗

——曾心小诗点评

曾心 著·吕进 点评

寻觅生活中
零散的星星

一个个吞进肚子
连梦带血
呕成
有规则有情感而成行的星星

寓万于一，以一驭万

漫说曾心（代序）

小诗是汉语新诗的重要品种。

1919年到1922年，冰心、周作人、康白情、汪静之、冯雪峰、宗白华他们掀起小诗的第一波。冰心的《繁星》和《春水》奠定了小诗在新诗发展史上的地位。朱自清说："到处作者甚众。"

初期的新诗主要是在从西方诗歌寻求出路，小诗开辟了向东方诗歌借鉴、向唐诗的绝句小令继承的新路。道路越多，诗歌就越繁荣。

上个世纪八十年代，小诗再掀高潮。这既是对冰心他们遗产的珍视，也是对新诗冗繁风气的反拨，和外国诗歌的关系不大。那个时代，除了流行的三五行、七八行的以外，有的小诗小到甚至只有一行：

> 少女心爱的镜子，把少女弄丢了。（方鸣）
> 碑上的字都能经住历史的风雨吗？（纪鹏）
> 青蛙！一年又一年，你就总重复着一个调子的歌么？（孙立洁）

这些小诗，审美价值可不小，诗学价值可不小，辗转模仿的人群可不小。今天的中国，小诗也在继续活跃。

近年在泰华文坛上小诗也开始露头。

最先是台湾诗人林焕彰在他主编的《世界日报·湄南河副刊》推出刊头诗，篇幅在六行以内的刊头诗，其实就是小诗。经过几年的跋涉，2006年，岭南人、曾心、今石、杨玲、苦觉、蓝焰，再加上台湾的林焕彰，在曼谷7+1组成“小诗磨坊”，泰华小诗诗人就吹响集结号了。

诗磨不停，诗香遍地。

正是在这样的语境下出现了曾心，他的《凉亭》是泰华文坛的第一部小诗集。

曾心的小诗写社会，写大自然，写爱，写同情。在他的笔下，小诗不小，真是“一花一世界，一叶一佛来”。读读《卵石》：

本来有棱有角
被岁月磨成
滑滑圆圆
无论走到哪儿
只是一个“0”

说卵石没棱没角，这样的诗句好像是常见的。但是圆滑的卵石只是一个0，就是曾心的发现了。对现实的形象把握，对人生的情感评价，对世界的诗意裁判，尽在笔墨之外。

小诗有它的文体可能，也有它的文体局限。世界上没有万能的诗体。曾心的诗告诉我们，小诗的基本特征是它的瞬时性：瞬间的体验，刹那的感悟，一时的景观。给读者一朵鲜花，让读者去领悟春天的喧闹；给读者一片落叶，让读者去悲叹秋天的寂寞。瞬时性不是对小诗的生命的描述。瞬时性来自长期的情感储备和审美经验的积淀。“蚌病成珠”。优秀的小诗正是这样的情绪的珍珠。

跳出母亲的怀抱
追风逐雨

咯咯的笑声
突然撞到山脚
碎了
洒下尽是泪

——《浪花》

恐怕没有见过浪花的人绝无仅有吧！但是这样看浪花的，只有曾心。好像是一时的景观，但是又蕴涵了多少经历，蕴涵了多少情感？这是属于曾心的浪花。好的小诗是开放式存在，它在等待读者的介入与创造。它在多义性、多感性、多时性里获得永无终结的美学效应。聪明的读者会从有限的浪花里领受无限，从瞬时的浪花里妙悟永恒。

小诗是多路数的。有一路小诗长于浅吟低唱，但需避免脂粉气；有一路小诗偏爱哲理意蕴，但需避免头巾气；还有一路小诗喜欢景物描绘，但需避免工匠气。从诗人来

说，艾青是天才，以气质胜；臧克家是地才，以苦吟胜；卞之琳是人才，以理趣胜；李金发是鬼才，以奇思胜。

无论哪一路数，小诗都不好写。或问，制作座钟难，还是制作手表难？答曰：各有其难。但是制作手表更难，原因就是它比座钟小。

因为小，所以小诗的天地全在篇章之外。工于字句，正是为了推掉字句。海欲宽，尽出之则不宽；山欲高，尽出之则不高。无论何种路数，小诗的精要处是：不着一字，尽得风流——

本来软绵绵
熬煎后
赤裸裸
紧紧相抱

不管外界多热闹
此时，只有他俩

——《油条》

诗人在议人生，诗人在谈爱情。他议了吗？他谈了吗？他只给了我们一根最普通不过的油条啊！

曾心的小诗我觉得是偏于理的。他的许多给我留下深刻印象的作品，都有哲理。不管何种小诗，尤其是以理趣胜的小诗，切记要忌枯。

无象则枯。

诗之理是有诗趣之理，忌直，忌白，忌空，忌玄。小诗要与格言划出界限，要同谜语分清门庭。

春之精神写不出，以花朵写之。秋之精神写不出，以落叶写之。诗人要善于以“不说出”代替“说不出”，以象尽意。

曾心为读者创造了多少意象！他的诗好读，又耐读。他的那些意象“寓万于一”，又“以一驭万”，很明白，但又饱含暗示，意象之外，有好开阔的天地啊！

本是心中一团火
要为人类事业燃烧

无奈受到压制
使我一直处于
忍与爆之间

——《火山》

忍字是心上一把刀。这是火山，这不是火山。

自见到了天日
便一股劲儿往上长

等到满头皆白
始悟：

挺立遭风险
灵活“摇摆”的重要

——《芦苇》

势利是世人所鄙所恨。这是芦苇，这不是芦苇。

长大了
越来越看清楚
天空比不上土地
越老越把头低下
——吻自己的根
吻养育的土地

——《老柳》

老，是成熟，是彻悟。这是老柳，这不是老柳。

由曾心的老柳，我想到了小诗诗人。说来奇怪，在中国，染指小诗的年轻人不太多见。小诗的诗人群往往年龄偏大，诗龄偏长。在海外好像也如此。林焕彰和我同年。通过信，相互关注，但我访问过台湾三次，可以说几乎认识所有台湾的知名诗人，居然至今与他没有见面之缘。曾心长我一岁，所以我老称他“诗兄”。

为什么更多的老诗人倾心小诗？这是老诗人对漫漫人生路的领悟，这是老诗人对诗的“个中三昧”的领悟。所谓“删繁就简三秋树”，所谓“繁华之极，归于平淡”。“就简”是诗艺的高端，“平淡”是人生的高端，所以，小诗实在是高端艺术。

“代有偏胜”。在生活节奏大大加快的当代世界，小诗将会引领新诗风骚吗？无论在中国，还是在泰华，这也许并不是痴人说梦吧？

吕 进

西南大学博士生导师

国家级有突出贡献的专家

中国诗学研究中心主任

自传小诗与点诗眼

——《玩诗，玩小诗》自序

（一）

这本集子能出版，我首先想到一个“缘”字。

2007年10月19日，在中国韶关学院召开第二届东南亚华文诗人笔会，我第一次见到敬重和心仪已久的吕进教授。那晚我与他同桌用餐，顺便赠送他一本拙诗集《凉亭》。第二天早餐时，吕教授一见到我就说：“昨晚看完了《凉亭》，觉得写得很不错。”此话出自一位诗歌界权威之口，我顿觉全身热呼呼，如充了电的感觉。闭幕时，吕进即席做了总结性的发言，讲得非常精彩，倾倒了在座的几百位听众。他的发言不仅征服了我，而且让我萌生一个念头：如能到西南大学听他的课，是人生的一大福气。

第三天到丹霞山采风，我见到白塔、毛翰、王珂等诗评家，在谈论中，让我大吃惊的是：他们都是吕进的学生，其中一个说：“哪里有诗群，哪里就有吕老师的学生。”从他们的表情看来，能当吕老师的学生是多么骄傲和自豪。不知怎么的，一时我忘记了自己的年龄，猛然又产生一个念头：能当他的学生，该多幸福！于是我跟他的学生叫起“吕老师”来。

2008年10月在越南胡志明市举办“第三届东南亚华文诗人大会”。之前，2月28日吕进老师来电邮说：“第三届东南亚诗人大会来信，要我评论一位诗人，我说评曾心。”听到这惊喜的消息，本来不想出席大会的我，立即改变初衷，决定赴会。可惜临近开会，吕老师却来电邮说：“已交了750元办理签证，预定了飞机票”，但有更重要的会议，“只好放弃，真遗憾”。我也很遗憾，但到了大会又叫我惊喜。他向大会提交的论文《寓万于一，以一驭万——漫说曾心》已收入《本土与母土——东南亚华文诗歌研究》论文集里。吕老师写得很独到，故此特别恳求他同意做为这本书的《代序》。

“惊喜”过后，当冷静时，我梳理了“心头”存库，觉得自己已近“古稀”，到西南大学听课是不现实的，当“胡子学生”更是如“梦”中事，不如寄几首小诗请吕老师批改。于是我壮着胆子，用电子邮件传去六首小诗。真没想到，过了几天，就收到吕老师的点评。我如获至宝，马上传给泰华“小诗磨坊”的七位同仁看，他们都赞赏有加。后来我又传去32首，吕老师又很快点评。此时，诗的欲望不止，我便产生了一个“念头”：如能点评到一百首，出一本《吕进点评曾心小诗一百首》，多好啊。

这个“念头”老是藏在心窝里。今年4月份，我收到西南大学中国诗学研究中心、西南大学中国新诗研究所论坛主席吕进发来一份“第三届华文诗学名家国际论坛预备邀请函”，我欣然答应参加，并把久积的“念头”告诉他，又是传来一个“惊喜”：“给你写点评我是乐意的”。于是我把收集在《凉亭》180首，加上近两年来写的154首小诗，全部传给吕老师。不到半个月，他分两批点评回来，并附了简信，建议书名另取，且说：“国际诗坛你就小诗问题作大会发言。你的小诗成就是大的。至少我个人很佩服。要让更多人了解你。”一时，我虽有些汗颜，但全身又是热呼呼的，如获得高性能的精神“电源”。

吕进是中国现代诗歌评论界的大家，中国当代主流诗体的扛大旗者。他的点评，我觉得最大的特点，就是“诗内谈诗”、“诗中点诗”，言简意赅，或片言只语，或简短数语，用诗般的语言，如“点穴法”，“点”醒了诗中的眼睛，给人以理论的启示和美的享受。

在这本集子里，收入吕进老师先后四次的点评，共160首，超出100首的初衷。其中有几首是点评两次，遵照吕老师“不妨都列出，这样反而活跃些”的建议，便都列出来了。

（二）

中国著名诗人蔡其矫说：“写作无论什么形式，都带有自传的性质。”可能有的诗人不同意，认为写诗“可以有翅膀飞上天空”（雨果语）。但我很同意。因为我觉得自己写来写去，总离不开一个“自我”。原生形态的“自我”不能当成艺术，艺术中的“自我”都是“人格自我提炼自我突破和自我净化”。这个“自我”，有直接

的“我”，间接的“我”，无形的“我”，“出世”的“我”，梦中的“我”，甚至灵魂出窍的“我”。

我越来越坚信：“我”的心就是诗之心。“我”的灵魂就是诗的灵魂。

收在集子里的小诗，有写社会、写大自然、写情爱、写生的渴望、写人的心态、写风花雪月、写日常生活、写念经坐禅等。这些东西，都是我“那双脚留在地上”（雨果语）所踏及的现实，是充满自我个性化的现实，感觉化的现实。我力图将这些踏及的现实，借助联想力的翅膀，飞入潜意识的天空，让“现实”经过潜意识的过滤、感应、化合，使之升华为一种既有贴近“现实生活”的影子，又有自己探寻“生命深层意义”的想象和理念。禅诗，因纯粹心灵感应，能产生空灵境界。而我的心灵还有“尘埃”，还摆脱不了佛家所说的“贪、瞋、痴、妄”诸念。因此，不能产生那种完全脱离“观照人生”、“审视世界”、“不食烟火”的空灵境界。

我的学兄刘再复曾提出一个观点：“作家在创作过程中，常常突破原来的设想。因为一旦进行创作，作家笔下的人物就有独立活动的权利，这种人物将按照自己的性格逻辑和情感逻辑发展，作家常常不得不尊重他们的逻辑而改变自己的安排。”写小诗，尤其是写抒情六行以内的小诗，没有人物的“独立活动”，是否也常有“突破原来的设想”？我觉得一首小诗的形成，往往是在日常生活中，或由视觉、听觉，或由触觉、味觉、嗅觉等外在感官有所触动。这种“瞬间”或“刹那”的“触动”，会立刻“转向”“内在的感官”、“内在的眼睛”。因为最高的美不能靠肉眼而要靠心眼，要靠“收心内视”（普洛丁语）。只有从“外视”转向“内视”，从停留在意识层次的“感觉”，进入到潜意识层的“感悟”，才能进入心灵世界精微的创设的审美境界。在这种用“心灵视点，精神视点”（吕进语）的运作中，往往出现三种微妙情况：一是按照原来捕捉的意象，凭“刹那的感悟”，产生“灵感的激流”，“灵感的爆发”，被缪思所俘虏，成了诗的奴隶，不经意地产生一首好的诗。二是按原来外在感官所捕捉到的意象，进入“内视”的运作后，随着内在感官的认识，有更为复杂得多的美的彻悟，出现一个“突破原来的设想”的意境。三是在进入“内视”任意飞翔的状态中，思诗出了“轨”，飞到另一个意象“星球”去，构成一首不是原来“意象”而是属于另一种意境的诗。

（三）

“小诗的特征是它的瞬时性：瞬间的体验，刹那的感悟，一时的景观”（吕进语）。这是一般小诗的特征。但一首带有浓厚的自传性质的小诗，它并不像人的“十月怀胎，一朝分娩”。它的“瞬时性来自长期的情感储备和审美经验的积淀”（吕进语）。有的诗“怀胎期”很长，如我写了一首练功“悟境”诗，仅仅六行，共20个字，却“怀胎”了二十余年，才在瞬间中“分娩”。

话要从1981年说起，当时中国掀起练气功热潮。究竟人体有没有“气”的存在，引起截然不同观点的争论。为了要亲身探讨体内是否有“气”的存在，我从中国到泰国一再拜师。不同的“师父”用不同的手势和口诀来导引“气”。我在练功的过程中，既有寻找玄之又玄的“气”的欢乐，如“情不自禁，动不由人”等；又有遇到一言难尽的心灵“颤动”，如“错觉”、“哭笑”、“翻病”等等。这些是初期修炼气功出现的“异常”现象。到了中期就有“灵异”出现，在黑夜静坐时，可见十指射出光束，有点像武侠片武打时指尖射出灵光。到了后期，便是“万法归宗”，不论用哪种方法，甚至不用方法，只要一闭上眼睛，就身心即静，连自己也不知道在哪里中，只有一个“空”。

经过二十多年亲临“气场”的体验，悟到“空”境后，我于2003年7月25日才写了小诗《入定》：

盘腿静坐

坐到肌肤
骨骼躯干
五脏六腑
归于无

空

唐·白居易有一首诗：《在家出家》：“中宵入定跏趺坐，女唤妻呼多不应。”这是写静坐敛心，不起杂念的人定前心境。我这首是写入定后“空”的境悟。“空”者，佛教指“超出色相理实的境界”。《般若波罗密多经》：“照见五蕴皆空。”《大乘又章》：“空者，理之别目，绝众相，故名为空。”

吕进的点评：“一心正持以入定，正观明了以开慧。”

“入定”后，能否“开慧”呢？我有一点体验和感悟：就是平时积存在心里深处解不开的“难点”或“疑点”，如写一首小诗半途“卡住”，或因一句诗，或因一个字，偶尔也会在“空”中闪现“不空”，跳出意想不到的闪光的“字眼”或“佳句”。这也许就是“开慧”吧。

吕进的艺术人生寄语：“寻求出世的境界，创造入世的事业。”盘点吕进的点评，首先让我出乎意料的是，平时我修练气功时所悟到的似梦似幻的点滴“悟境”，所写下的“出世”小诗，都被选出来点评了。

（四）

如何安度晚年？我有一个嗜好，就是养花种树。我从小在泰国农村长大，对田野的稻谷、花草、树木、瓜果、虫鸟等，都有一种特别的亲和感。随着年龄的增长，家庭经济的好转，这种情感越积越深，以致常常流露出那种“久在樊笼里，复得返自然”的陶渊明的崇尚自然的思想。我常做着一个“梦”：造一座盆景园。五年前，我在住家旁边买了一块空地，经过几年的耕耘，栽培了一百多盆盆栽，近百个品种，其中也有百年树桩盆栽，庭园里还盖了小红楼和凉亭，供文友来喝茶谈天，命名为“艺苑”。每当工作之余，进入此地，顿觉尘世间的烦冗琐事被淘汰得干干净净，仿佛溶入明净、高远的大自然中，成为大自然的儿子了。我有一首小诗《大自然的儿子》，就是写了在庭园里的体验和感悟：

天空下
在地球一方耕耘

闲时
看看地上的花木

累了
瞧瞧天外的飞鸟

吕进的点评：“相看两不厌，只有敬亭山。”

面对着一盆盆盆栽浇水、剪枝、中耕、培土等劳作，有如含饴弄孙的愉悦。

我又有一首小诗《盆景》：

远看是个小不点
近看是幅画

它会悄悄告诉你：
在艰苦的岁月
怎样活得更美！

中国诗人艾青写过一首《盆景》诗，把怪相畸形的“盆景”描写成“不幸的产物”，发出“自由伸展发育正常”的呼声。这是诗人曾“自由被践踏，个性被压制，人性被扭曲”的痛苦情绪的流露。但我结合自己人生的体验，觉得正因为它经受得起“被践踏”、“被压制”、“被扭曲”的“艰苦的岁月”，因而“活得更美”。

吕进的点评：“只‘离’不‘即’，轻薄浮滑，捕风捉影；只‘即’不‘离’，粘皮带骨，平庸无诗。此诗的火候恰到好处：若即若离。”

在庭园里，我又寻觅到一些平时没想到的感悟和诗句。如花为什么会人人爱呢？我写了《问花》：

人人爱你的秘密
丽质＋芬芳？
——摇头

丽质＋芬芳＋无语？
——点头

吕进的点评：“‘无语’是诗眼。”

没错，我写这首诗就想表达这种“无语”的感悟。俗话说：“病从口入，祸从口出”。世上凡是会说话的，哪会没有对立面？美女虽有“丽质”加“芬芳”，但由于会说话，也不能得“人人爱”。假设花会说，也必会得失一些人。

还有一首《休闲》：

步入庭园
与花谈话

好话　情话　梦话　废话
怪话　诳话　谎话　坏话
风凉话　牢骚话　枕边话

总是心有灵犀一点通

吕进的点评：“倾诉对象是花，诗人雅致。”

我觉得心里有话，尽可与花“诉衷情”，自由自在，轻轻松松，思想不用有负担，不用怕被人捉辮子，打小报告。听者“容华绝代，笑容可掬”。此时此刻，如遇到“知音”，真是“雅致”矣

（五）

从点评来看，吕进老师最喜欢我写的一首《油条》：

本来软绵绵
熬煎后
赤裸裸
紧紧相抱

不管外界多热闹
此时，只有他俩

吕进对此诗作了两次点评。第一次：“从油条而悟出爱情，智慧。”第二次：“身置象内，意达于外。我第一次读到此诗就击节赞叹，此是人间深爱的赞曲。”他还在《漫说曾心》的评文中写道：“诗人在议人生，诗人在谈爱情。他议了吗？他谈了吗？他只给了我们一根最普通不过的油条啊！”

究竟他是以什么审美观点来欣赏诗的呢？最近我读了吕进的《中国现代诗学》，才略有所悟：他认为诗歌的审美视点有三种存在方式：“第一种基本方式是以心观物，即现实的心灵化”；“第二种基本方式是化心为物，即心灵的现实化”；“第三种方式是以心观心，即心灵的心灵化”。

我有一首《雨如是说》：

雨下着

风说：
我把你带到天边

雨说：
不行
我的归宿——土地

吕进的点评：“化心为物。”

还有一首《变色》：

蔚蓝的海洋
突然翻个身

滚动的浪花
一片白

吕进的点评：“以心观物。”

再看，前面吕进评点的那首《入定》，似属“以心观心”。

在此请教吕老师，并感谢他在百忙中为我点评小诗！

曾 心

2009年8月18日

目次

CONTENTS

目次

卷三　楼梯之外

CONTENTS

目次

卷四　丰收之外

卷五　湄南河之外

目次

卷一

菩提之外

菩提

菩提树下坐禅
见到三片落叶

一片写着“佛”字
另一片画着佛像
第三片无字无像

2009年4月8日

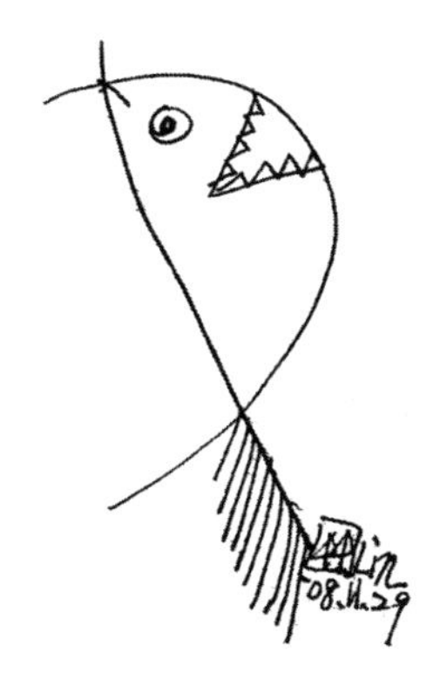

〈点评〉　菩提入禅别有诗。

佛

在半闭半开的佛眼前
我一无所求

从心灵的书架上
掏出珍藏的佛经
念诵再念诵

我也是一尊佛

2008年5月5日

〈点评〉　以无念为宗，即心是佛，见性成佛。
〈点评〉　诵不出声，静守禅意。

念经

千遍万遍地重复
渐渐地万物寂静

只有一种梵音
在九重霄外回荡

2009年6月1日

〈点评〉　禅意。

入定

盘腿静坐

坐到肌肤
骨骼　躯干
五脏六腑
归于无

空

2003年7月25日

〈点评〉　一心正持以入定，正观明了以开慧。

在佛寺里

笃笃木鱼声
袅袅三炷香

在冥冥中
缩短
人——佛
距离

2003年8月26日

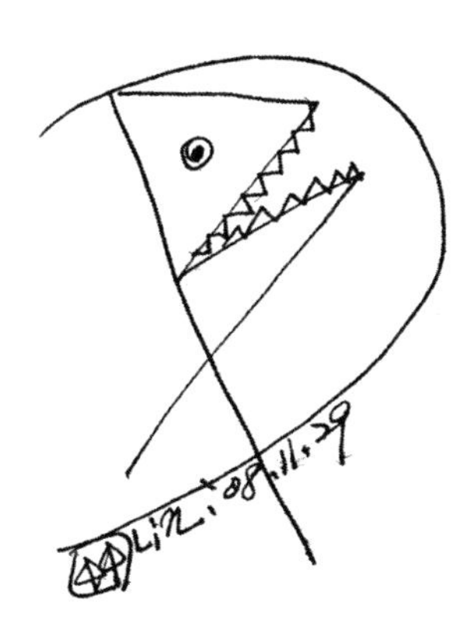

〈点评〉　静有所悟，不立文字。

佛眼

半睁半闭的眼
比睁大的眼更明亮

因为
冷眼通观
天上人间的浮沉

2003年8月22日

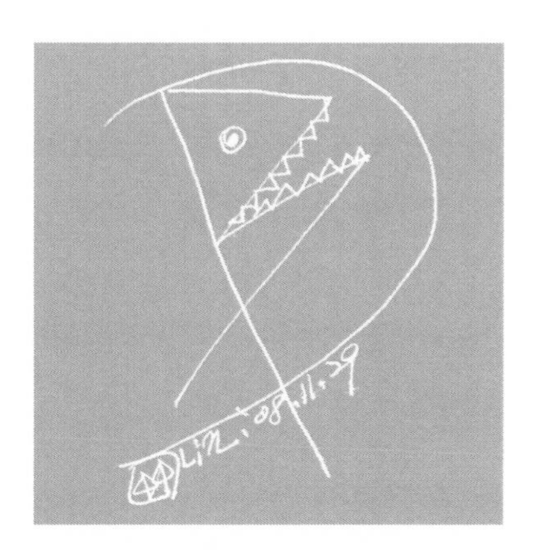

〈点评〉　静中有动，冷处有神；寂处有音，教外别传。

吃斋

吃四只脚
怕SARS
吃两只脚
怕禽流感

阿弥陀佛
不如吃斋去

注：果子狸（四只脚）是SARS（非典）的载体。

2004年2月26日

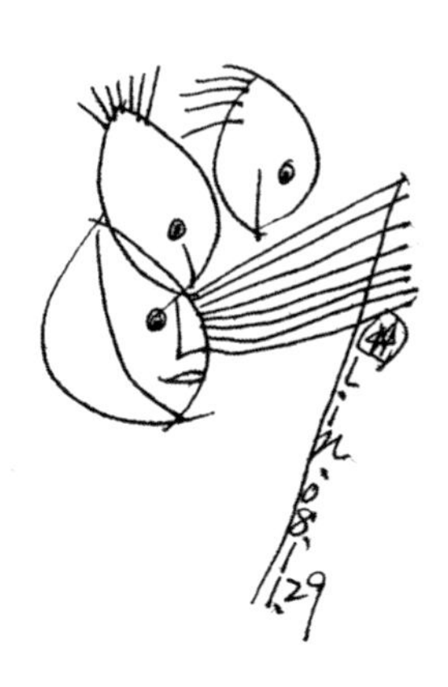

〈点评〉　随心所照，即境明心。圆融妙悟。

塔影

盘坐河畔
静观天地人间

静默、飘远……

玄玄乎
荡于水底天

2009年4月27日

〈点评〉　“静观”乃诗眼。

树的轮回

从土地长出来
活在蓝天底下

日月是我的父母
星辰是我的兄弟

风雨最了解：
我永久的家在何处

2009年2月9日

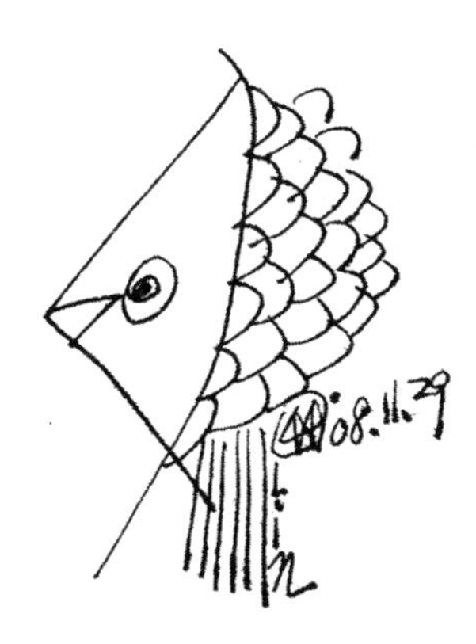

〈点评〉　禅意。

家史

三代沧桑
藏存于尘封的老烟斗

岁月的过滤
待我吐出时
依然是一缕缕的血丝
如烟似雾

2009年4月9日

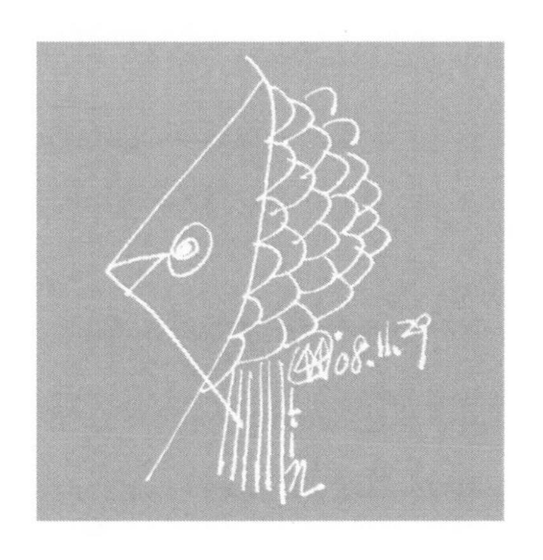

〈点评〉　欲知诗的精炼，请赏此诗。

围炉

想念那简陋的老家
冬天
一家人围成的火炉
乐陶陶　暖烘烘

不管外界雪飘冰封
炉里恒温总是100度

2007年12月29日

〈点评〉　想起臧克家的《围炉》的散文。
〈点评〉　暖在炉里、心里。

季节

宝贵的人生
只剩下一个
季节

冬
落其华芬
一个平淡之境

2005年9月10日

〈点评〉　写出老年，写活老年，写尽老年。走过人生，悟透人生，别有一番滋味在心头。

老人话

老人的话
年轻人嫌啰嗦

唯有几只小猫
听得
时而哭出声
时而跳起舞

2009年3月1日

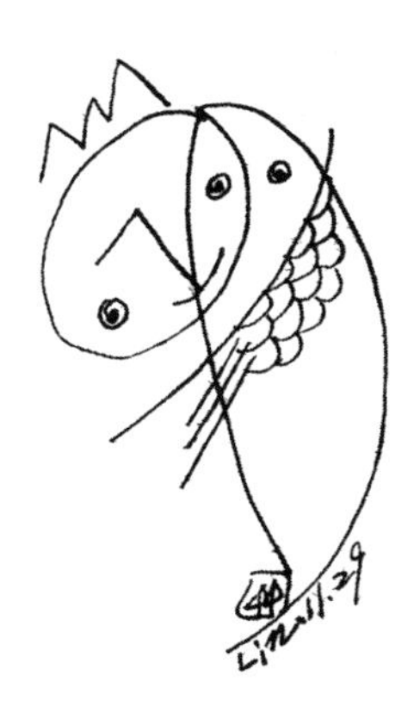

〈点评〉　当水把两岸隔离的时候，需要桥。
〈点评〉　当年龄把人隔离的时候，需要桥。

老缸

老屋后那口老缸
何时坐禅入定？

张着嘴本想说话
顿悟：
还是不说为好

2005年7月21日

〈点评〉 禅悟之后，不立言说。老缸懂诗。

老相册

不跟时间走
老在原地方

五十年前在那里
五十年后还是在那里

翻翻这老相册
看看自己永驻的青春

2009年4月18日

〈点评〉　老的相册，不老的青春，由此灵感突发。

老树

只剩下几片黄叶
随着秋风飘零

望着一抹夕阳
似乎还有梦

2006年2月25日

〈点评〉　只要守住梦，老树的心就不会老去吧？

老椅子

百年，还在老地方

不愿走动
不想开口

站直——我的个性

2008年7月8日

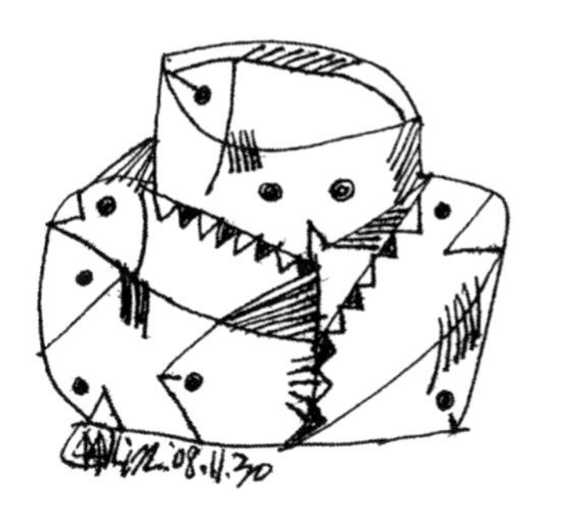

〈点评〉　吟成四行句，用破一生心。

老井

一口古井
跌落一弯残月

抛下水桶
打上祖祖辈辈的沧桑

沉重地拉——
一条古老文化的根

2003年6月13日

〈点评〉　“古”是诗眼。

老柳

长大了
越来越看清楚
天空比不上土地

越老越把头低下
——吻自己的根
　　吻养育的土地

2005年11月28日

〈点评〉　妙！不即不离，又即又离，乃咏物诗的特征。老柳是老柳，老柳非老柳，诗味正在“非”中，令读者去思索，去寻得个中真味。

老树的身影

鸟儿邀老树同飞
它的头摇得像风姿

鸟儿只好说声“拜拜”
向高空独自飞去

只见它伟岸的身影
依然傲立在微笑的国土

2006年12月5日

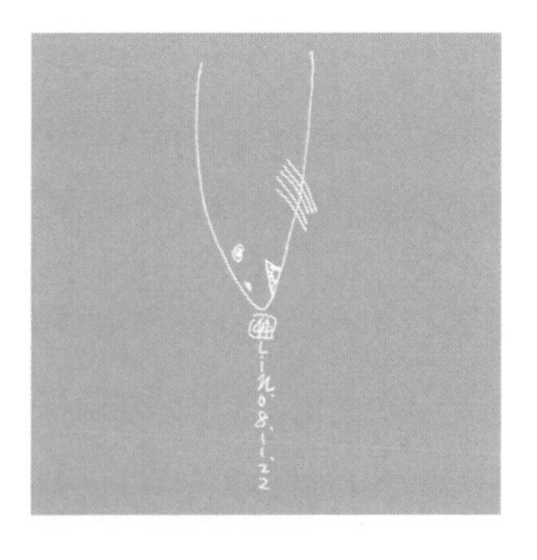

〈点评〉　国土情诗。

说旧事

旧事重提没人听

只有家里那口老缸
每次听了都很动感情

张开嘴未说话
肚里的眼泪已横溢

2009年2月19日

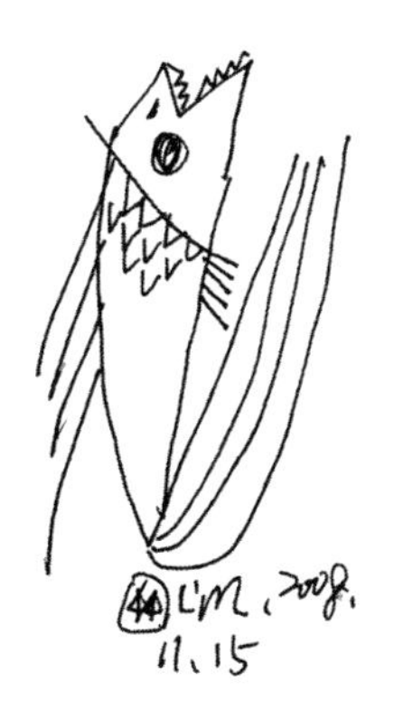

〈点评〉　缸是缸，缸非缸。

记事本

有亲戚从远方来
问起祖辈的沧桑

我向门前一指：
请问那棵老树
只见它像个历史老人
慢慢地翻开千年记事本

2008年7月9日

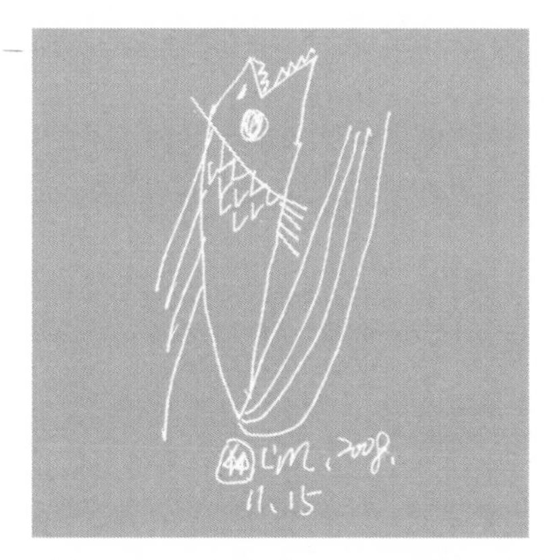

〈点评〉　诗在诗外。恰是未曾落墨处，浩渺烟波满目前。

局势

洪灾之后
给大地留下无数的沉渣

我追问青天：
如何把它打扫干净？

天无语
顿时下着倾盆大雨

2008年10月7日

〈点评〉　泪飞化作倾盆雨。

哭诉

一只说：
“我的老家被导弹击毁了。”
一只说：
“我生的蛋都被人挖去吃了。”

两只逃难的蚂蚁
跪在地球上向天哭诉

2008年3月10日
于金融海啸期

〈点评〉　言此意彼，诗在诗外。

严冬

地球犯病
四季失控

漫天飞雪
成群结队的瘦企鹅
把曲颈伸向高空

“？”伸成“！”

2009年1月9日
写于金融海啸期

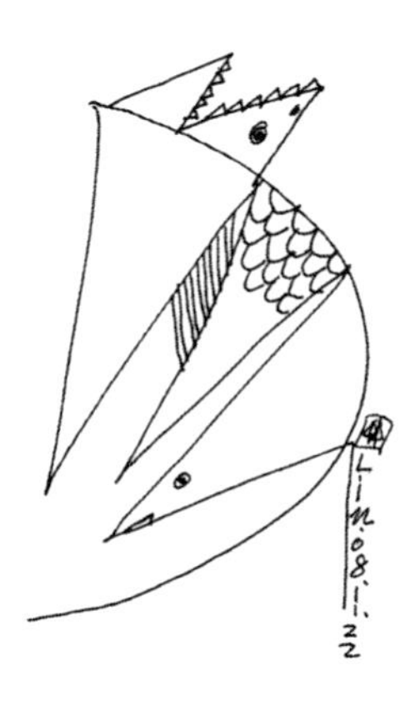

〈点评〉　标点符号入诗。

看夜

渐渐地
藏到一块大黑幕里

唱一首《阴之歌》
演一出《幽之梦》

幕后锣鼓敲得震天响

2008年3月8日

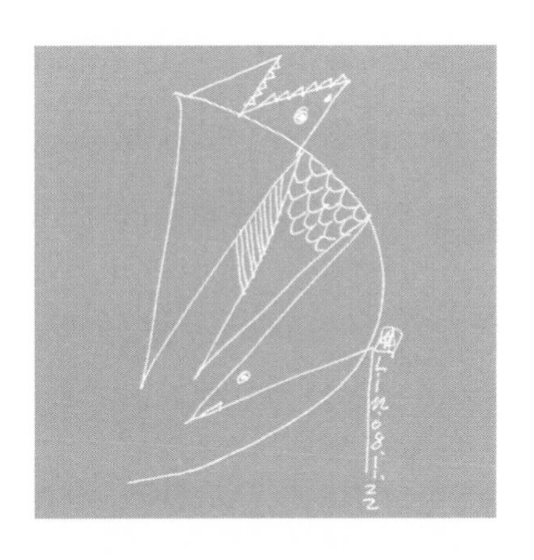

〈点评〉　句句深夜得，心自天外归。

股票市场

一串数字进去
买个笑
一串数字出来
买个哭

哭——笑——哭的重叠
脸上竟成热带的雨季

2008年4月4日

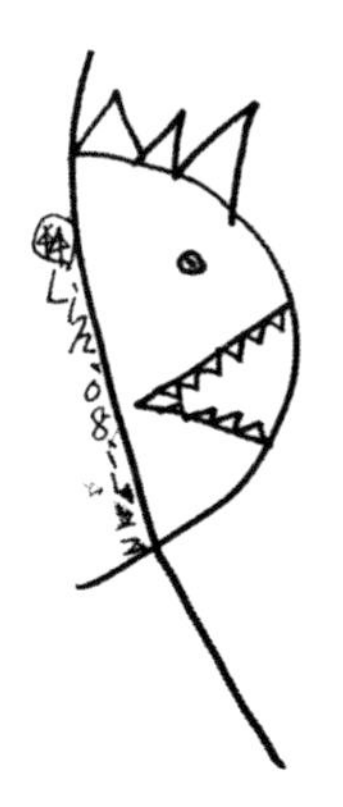

〈点评〉　切莫把人生当股票。

复原

雾朦朦
云飘飘
雷隆隆
雨潇潇

过后
依然是蓝天

2008年8月17日

〈点评〉　坚守“依然”，就有人生的翅膀。

茶叶

一张绿卡
通行世界
走进千家万户

紫砂壶里流出
——家乡的山水
　　祖辈的茶道

2003年8月18日

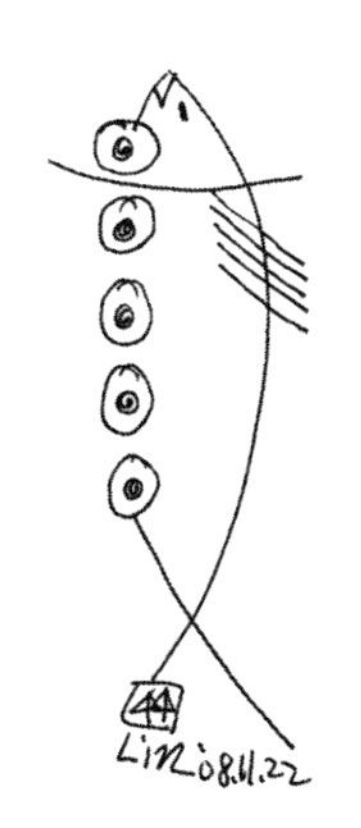

〈点评〉　思乡之情，怎一个愁字了得？

万年青

不管红土黑土
贫瘠肥沃
只给半勺土
就能活着
拌着血汗活着……

它的别名叫华侨

2003年8月1日

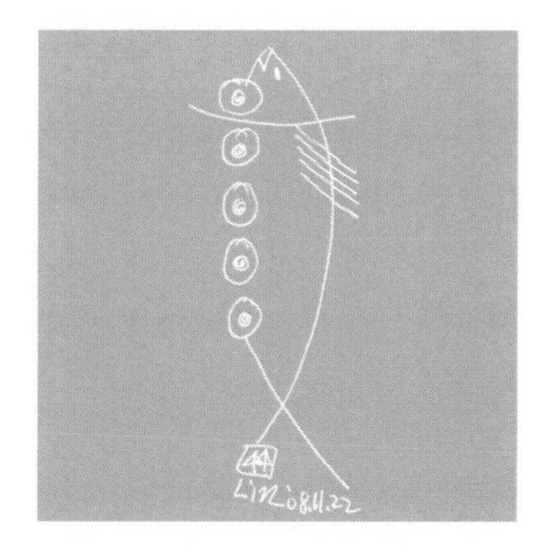

〈点评〉 写华侨的诗多多，此诗别有意象。

红头船

飘洋过海南来
太沉重了
载的都是骷髅

在历史的长河中
——搁浅

2007年8月23日

注：华人祖辈，是乘“红头船”飘洋过海而来的。

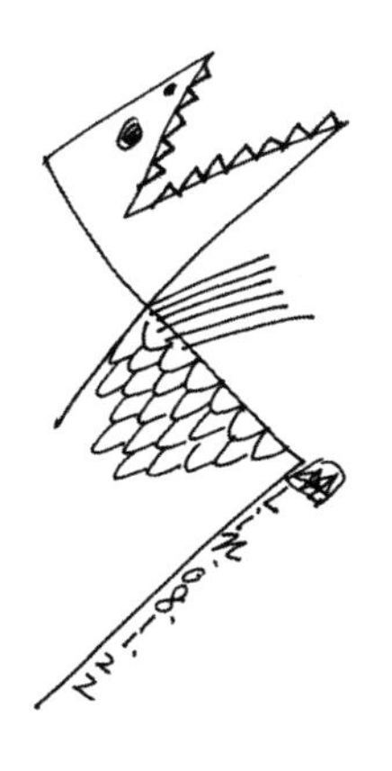

〈点评〉　艰辛的记忆，诗意的裁判。

水布

一条旧水布
湿透老华侨的辛酸

拧之，滴滴汗
再拧之，滴滴血

百年拧不尽
千年晒不干

2009年4月2日

注：华人祖辈劳作时，以水布擦汗水。

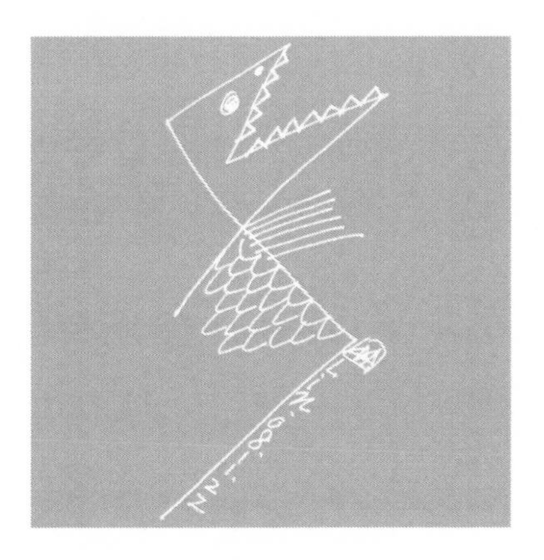

〈点评〉　欲语泪先流。

黑瓜子

黑——白
阴——阳

阴的是月亮的女儿
阳的是太阳的儿子

一枚宇宙初始的胚胎

2008年12月5日

〈点评〉　没有想象力的诗人是难以想象的。

雨如是说

雨下着

风说：
我把你带到天边

雨说：
不行
我的归宿——土地

2006年2月8日

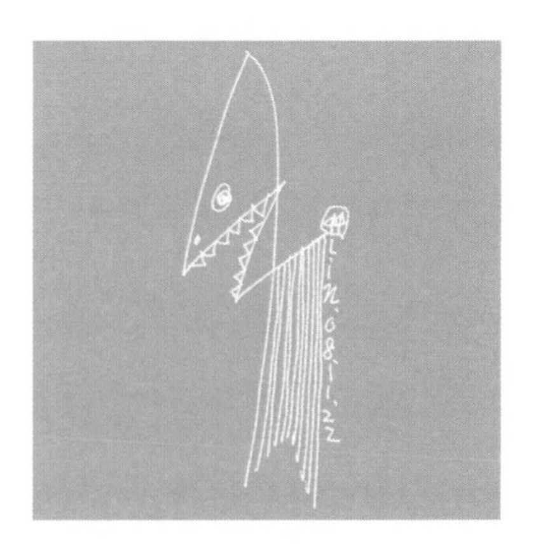

〈点评〉　化心为物。

卷二

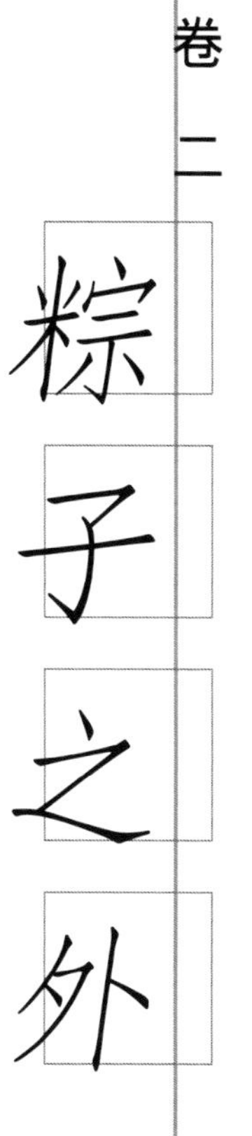

粽子

炎黄子孙
在血液里
早已结下粽子缘

年年不忘
把自己的怀念
投入心灵的汨罗江

2009年6月5日

〈点评〉　“惚兮恍兮，其中有象；恍兮惚兮，其中有物。”

中秋

天上的明月
地下的月饼

等了一年
两个“圆”拥抱

家家户户
为他们的团圆放鞭炮

2009年9月3日

〈点评〉　两个“圆”的意象甚妙。

月饼

把月光与浓情
揉捏成圆圆的月饼

一半敬天地
一半赠亲友

2006年9月1日

〈点评〉　以月光与浓情做成月饼，妙语。

月亮

初一，孙子吵着爷爷：
要吃天上的香蕉。

十五，孙子缠着爷爷：
要拿天上的球下来玩。

爷爷把着他的小手合十，
朝天一拜、二拜、三拜！

2009年4月15日

〈点评〉　童趣。

一颗星

满天星斗

爷爷抱着刚满岁的孙子
把着他的小手数星星
数来数去总少了一颗

奶奶笑道：你忘了
去年8月5日那颗星落我家

2007年8月5日

〈点评〉 夜空被戳穿了一些洞，露出外面的光亮，它的名字就叫星星。

垂钓的喜悦

深山
古潭
独坐
空钓半个世纪

梦中惊醒
钓到一条鲜活的大鱼

2008年7月15日

注：2008年7月15日欣悉天津百花文艺出版社决定新版我25年前写的医学随笔《杏林拾翠》一书。

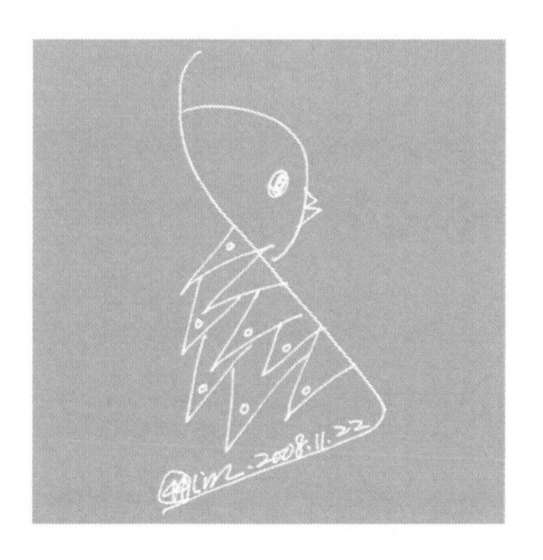

〈点评〉　“空钓半个世纪”，是虚虚实实的诗家语。

捉蝴蝶

一对蝴蝶飞入心扉
——在原野追逐
　　在蓝天共舞

我伸出无限长的手
捉到的只是一个童梦

2009年5月5日

〈点评〉　妙于篇章之外。

钓童真

一竿钓丝
在记忆湖泊垂落

不在钓得多少鲜鱼
而在钓得多少童真

2009年6月8日

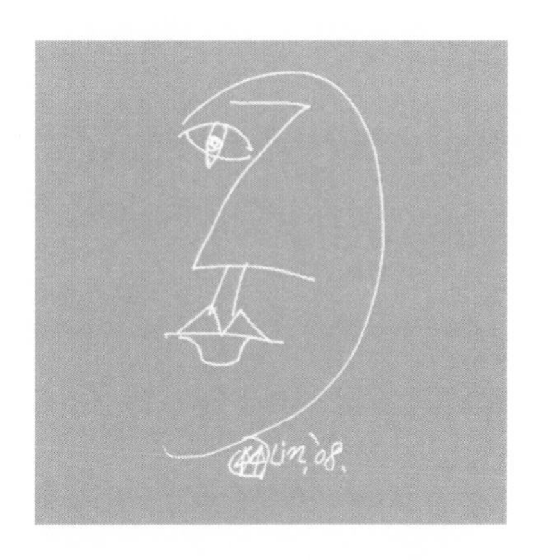

〈点评〉　此中有真意，欲辨已忘言。

小舟三境

停泊在溪旁
是睡的时候

穿行在江河里
是醒的时候

乘风破浪在大海中
是梦的时候

2007年2月8日

〈点评〉　人生如小舟。

曲调

大地
一张五线谱

雨
滴下一个个跳动的音符
弹奏一曲天地和谐的G大调

雨停曲终

2008年6月4日

〈点评〉　但见情性，不见文字。

月亮日记

深更半夜，
月亮从窗口爬进来
坐在我椅上

喜滋滋伏案疾挥：
与“神七”对话的日记
——1、2、3则

注：2008年9月25日神舟七号上天，飞行68个多小时，
运行45圈，于28日安然飞回中国大地。

2008年9月29日

〈点评〉　诗出侧面。

双向道

——赈灾短歌之五

一道输出伤痛
一道输进希望

一道输出血泪
一道输进大爱

一道是风雨交加的黑夜
一道是不分你我他的阳光

2008年5月19日

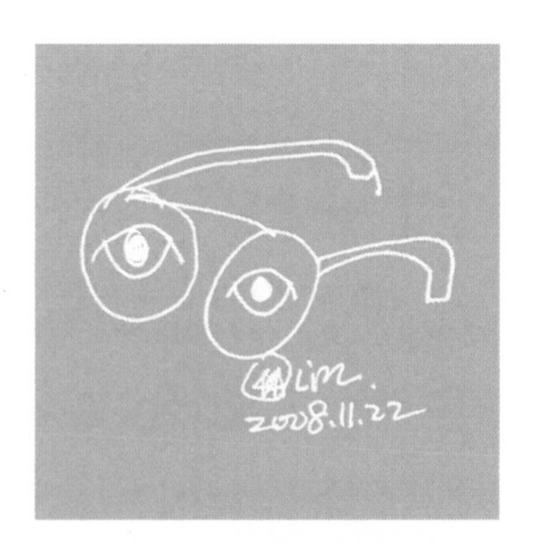

〈点评〉 咏汶川地震的诗，此章构思别具。放翁曰：“诗无杰思知才尽”，诚哉斯言。

看地图

——赈灾短歌之六

孩子问四川
孙子问四川

四川原来离我很远
地震后，离得很近
仿佛“住” 在我心里

我已是四川人

2008年5月25日

〈点评〉 “远”与“近”组成诗情的张力。

跳水

从云端跳下

在半空中，出现
几个惊险翻滚的“？”
落下一个“！”

溅起青春雪白的水花

2008年8月18日

〈点评〉　诗人实在是白描高手。五行诗，如临其境，如见其人。

解雇当夜

壁上
独坐着一个黑影
桌上
斟满一杯“夜孔”酒

子夜
空瓶狼藉

2006年1月1日

〈点评〉　诗比散文精炼。它将可述性降到最低程度，将可感性升到最高程度。它的叙述是跳跃的。此诗二十四个字，却是一部小说，述说痛苦的小说。

脸

对着纷繁的人与事
读不出他的
喜怒哀乐

他的心
已千疮百孔

2004年4月16日

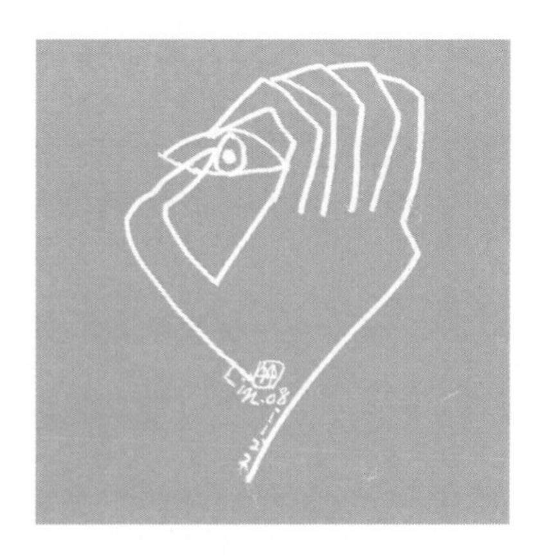

〈点评〉　哀莫大于心死。

小贩

一肩挑月亮
一肩挑太阳

若要问家产
只有这副担子

2009年6月10

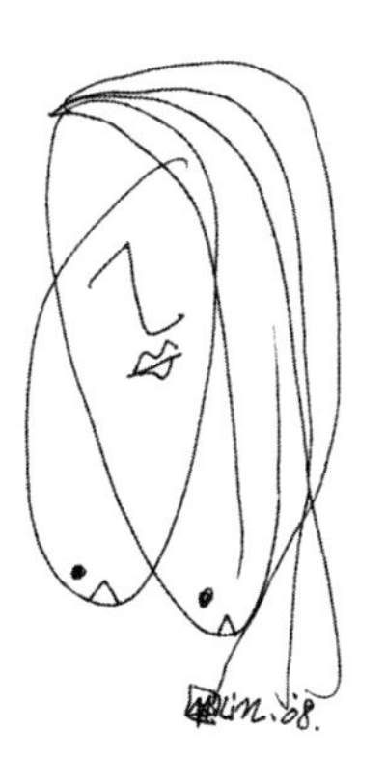

〈点评〉　诗家语贵在有弹性。诗含多重意，不求其佳必自佳。“担子”含多重意。

感触

一个鳏夫
望着湖边情侣依依

叹息——
岁月
偷蚀了
我爱情的甜蜜

2005年10月20日

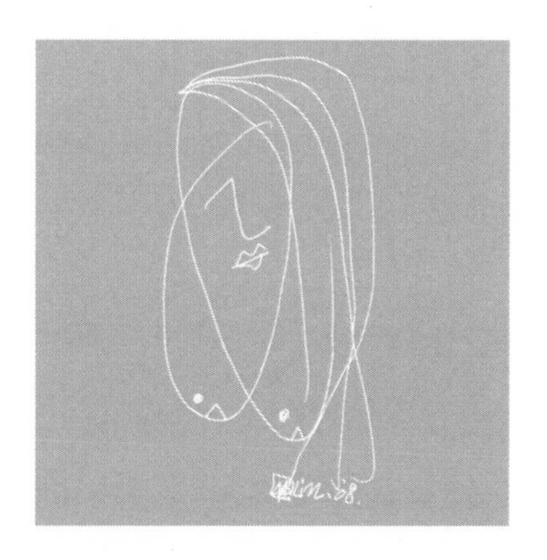

〈点评〉　问君能有几多愁，恰似一江春水向东流。

渡口

匆匆赶来
在渡口送别

双手紧紧握着
又轻轻放开

哦！忘记带来玫瑰
即从水中捧起一朵浪花

2004年2月3日

〈点评〉　诗难乎结。传神的结，诗外有诗。

两个影子

长发和短发
一前一后地走着

渐渐地　手牵手
渐渐地　身贴身

渐渐地
贴成一棵笔直的槟榔树

2009年1月28日

〈点评〉　一部小说，一首小诗。足见诗的容量。

思念

驱不散，剪不断
一端愁云，一端彩虹

今夜索性不入眠
静闭双眼
咀嚼思念的滋味

苦涩而甘甜

2006年1月3日

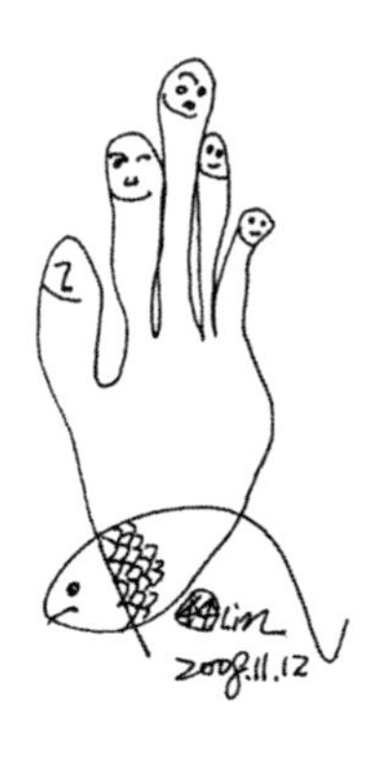

〈点评〉　西北望长安，可怜无数山。

握手

那次在鹭岛
握出一树凤凰花

这次在湄南河畔
握出一江温情

下次不知在何处
掌心早已握满思念

2003年7月14日

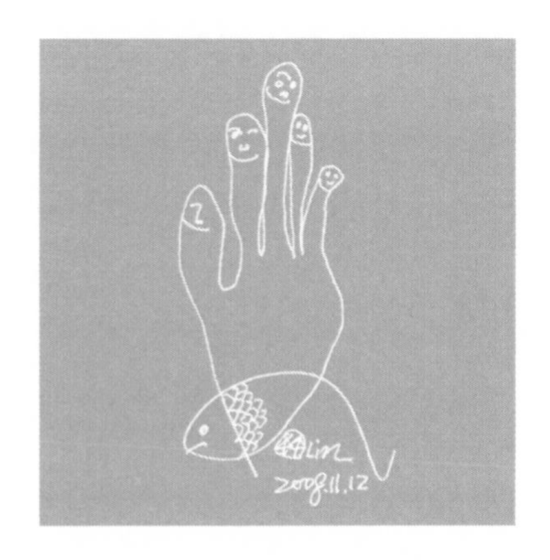

〈点评〉 诗之忌在“凡”。此诗不凡，尽得诗家语妙处。

雨中

一觉醒来
还听到雨声

不如在梦中
撑着小圆伞
牵着另一只手
徐行……

2006年6月23日

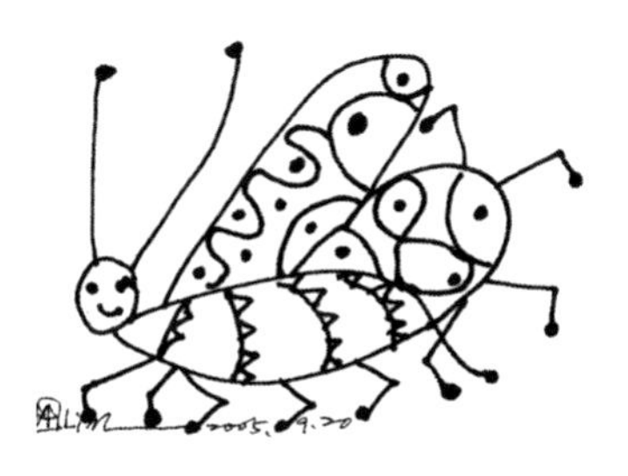

〈点评〉　文醒诗梦。

无缘

她要进来
伞还没打开

我请她进来
她自己的伞已打开

两把伞越走离得越远
一把向左　一把向右

2008年3月8日

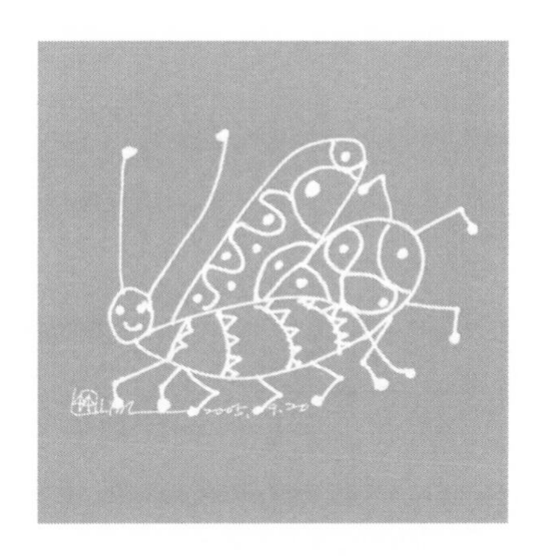

〈点评〉　人生多少遗憾事，一时都向笔端收。
〈点评〉　万事随缘皆有味，烦恼总为强追求。

油条

本来软绵绵
熬煎后
赤裸裸
紧紧相抱

不管外界多热闹
此时，只有他俩

2004年9月25日

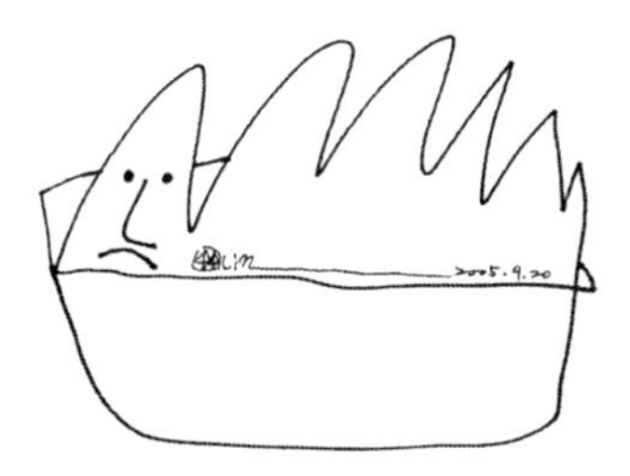

〈点评〉　从油条而悟出爱情，智慧！
〈点评〉　身置象内，意达于外。我第一次读到此诗时就击节赞叹，此是人间深爱的赞曲。

暗礁

不敢露出水面
还常被挨骂

罢 罢 罢
既然已向大海承诺
就得坚守岗位

2003年8月24日

〈点评〉　象外有象，笔外有音。

拦路石

一块拦路石
挡住我的去路
把它踢进河里

哎哟哟
当游泳时
我脚板还被它割破

2004年8月5日

〈点评〉　妙在第二节，“拦路”者之可恶，入木三分。

水泡

吐几口水
鱼尾一卷就走了

人生的追求
往往
捞到水泡

2005年8月3日

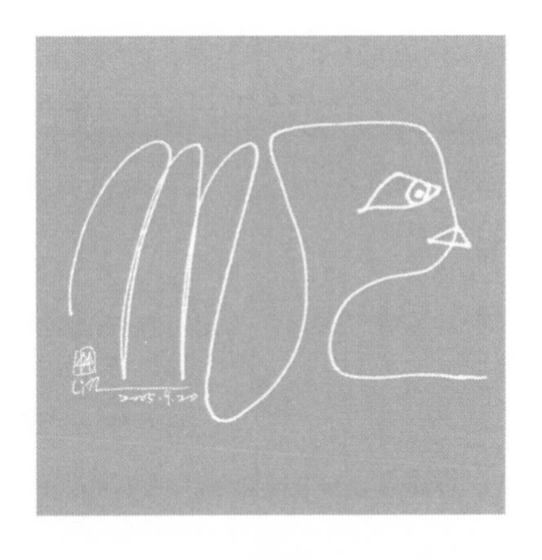

〈点评〉　水中著盐，饮水乃知，非老年不能得此诗。

钓

在河边垂钓的人：
鱼够多了
回家烹煮去

在人流垂钓的人
东张西望：
怎么还不上钓？

2004年6月9日

〈点评〉　人还是比鱼高明。

锚

海港的船
一艘艘被钩住

又见
水中月
还想去钩呢！

2004年7月5日

〈点评〉　非戒不禅，非禅不慧。“锚”的欲念太多，会自己把自己钩住吧？

领带

没有什么可抓的
只因系在脖子上

爱惹事生非的风
硬要把我当辫子

2006年11月14日

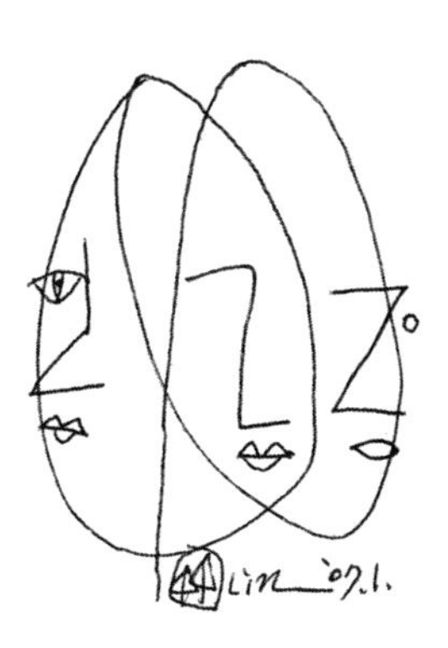

〈点评〉　此诗具有超出机制。

桥的埋怨

弯脊哈腰
驮你过河
背你过海

到达彼岸
你反转过头来
责备这　叱呵那

2005年5月12日

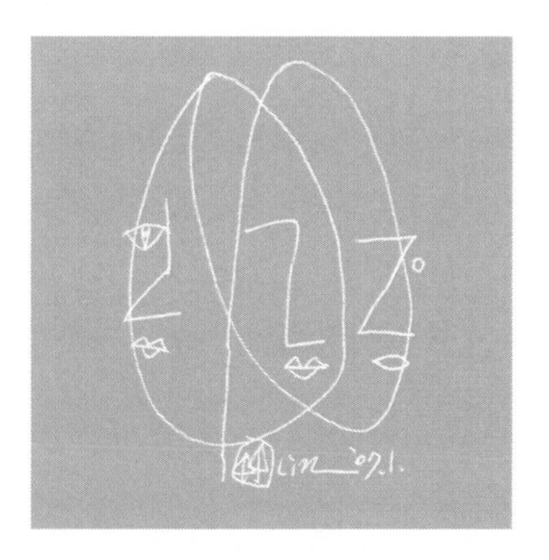

〈点评〉　君子动口不动手，还是比过河拆桥者好一点。

风铃

风
老是唠叨
诉说酸甜苦辣

铃
千年一个音：
祝你平安！

2003年7月4日

〈点评〉　言浅而思深，词微而意显。我喜欢铃的从容、总是关心他人的风度。

风车

自由的风
一旦忘乎所以
也会迷失方向

唯有风车
不倦地旋转
给予指明去路

2003年7月4日

〈点评〉　诗人得于心，览者会其意。

卷三

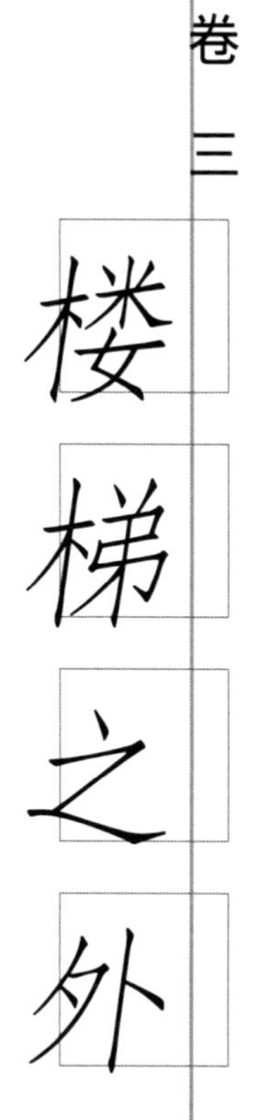

楼梯之外

楼梯

任人踩踏
不哼一声

只弓着脊梁骨
接接送送

背后
还时闻指摘声

2004年9月23日

〈点评〉 诗，有从题外写入者，有从题内写出者；有在实处写虚，有在虚处写实。此是由实升虚。

窗

众人睡了
我还醒着……

日夜睁大眼睛
因为我不放心这个世界

2004年9月20日

〈点评〉　人关注的，不是窗本来怎么样，而是窗在诗人看来怎么样。这才有诗。

球

跳——跳——跳
眼珠，几十亿跟着转
从东半球
到西半球

天动地摇
一个天外飞来的“球”

2006年8月30日

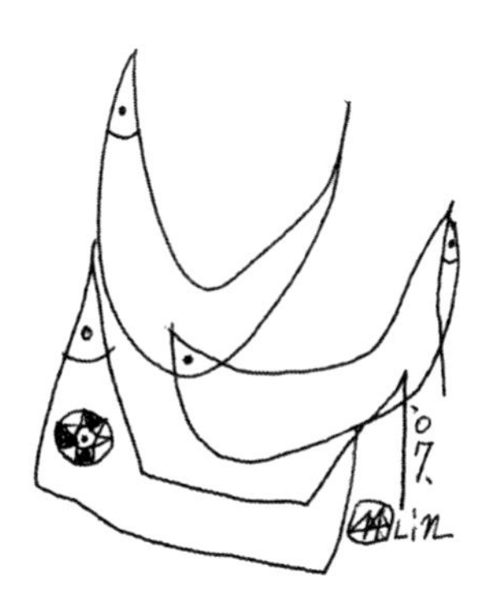

〈点评〉　“球”字的弹性：地球，足球，眼球。诗含多重意，不求其佳必自佳。

影子

日头当中
影子也不会出来

2006年1月2日

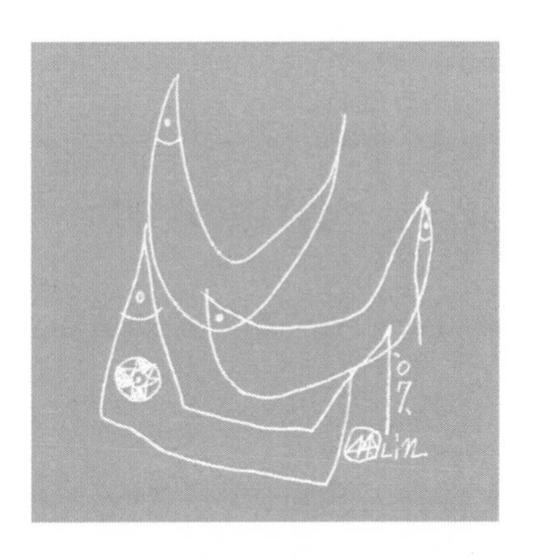

〈点评〉　此中有真意，欲辨已忘言。

卵石

本来有棱有角
被岁月磨成
滑滑圆圆

无论走到哪儿
只是一个“0”

2004年1月16日

〈点评〉　大妙。卵石绝唱。

〈点评〉　说卵石没棱没角，这样的诗句好像是常见的。但是圆滑的卵石只是一个0，就是曾心发现了。对现实的形象把握，对人生感情的评价，对世界的诗意裁判，尽在笔墨之外。

忍功

屋外风雨
屋内惊雷
指责声逐浪高……

心中的水银柱
依然在
——0度

2005年9月26日

〈点评〉　“忍”字：心上一把刀。

打太极

在一片声浪中
心如一盆静水

一来一往
轻盈如云
灵活如风

功夫在意守

2009年3月22日

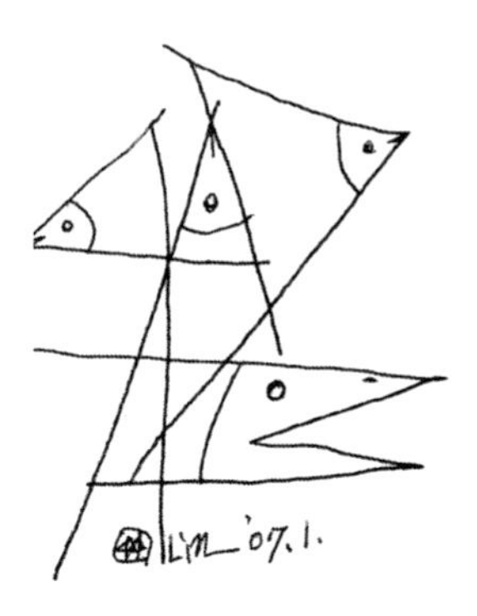

〈点评〉　老子说：“守柔曰强。”

云的软功

漂浮的生活
练就了我一身软功

高山挡路
一层又一层

我轻轻地绕过
一程又一程

2008年5月5日

〈点评〉　柔弱胜刚强，这是老庄的重要智慧。
〈点评〉　中国文化的生存智慧，柔弱胜刚强。此是中国人的半夜传灯语。

雷声

不许风说话
不许雨说话

刹那
闪电亮相
整个天地
只有一种声音

2004年1月7日

〈点评〉 想起一首诗：“独坐池塘如虎踞，绿杨树下养精神，春来我不先开口，哪个虫儿敢作声。”这是写“蛙”的。意象虽有别，霸气相类。

石的惊觉

仰卧
见天边的水滴
飘落在身上

不知不觉地睡去

千年醒来
惊觉自己竟成了湖泊

2008年12月23日

〈点评〉　沧海桑田，万物均在一变中。

调位

船，在陆地
盘腿坐气功

下了海
头顶蓝天
对风雨呼啸：
“我来了！”

2006年8月20日

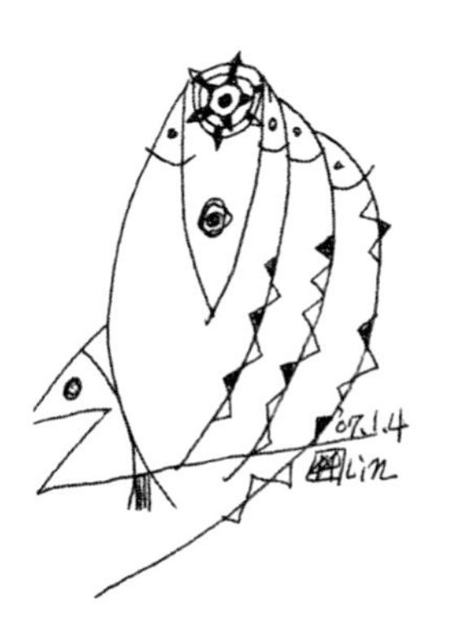

〈点评〉　天生我才必有用。才华有异，各领风骚。

不倒翁

不问怎样跌倒
跌得怎样

只知
跌倒爬起来

《跌倒算什么》
是他心中唯一的歌

2009年5月4日

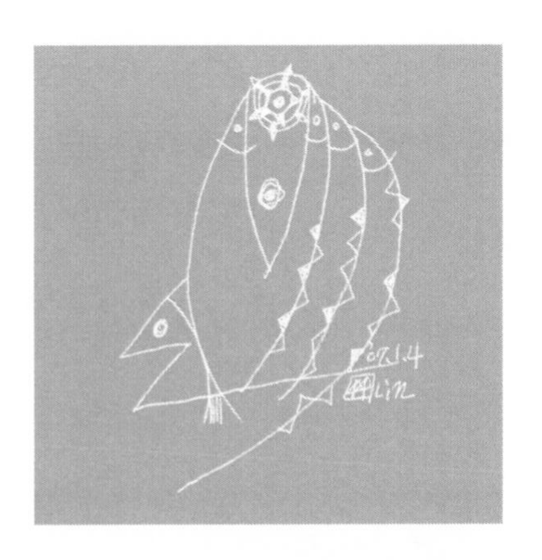

〈点评〉　想起画家齐白石题画诗：“乌纱礼袍俨然官，不倒原来泥半团。突然把你来打破，浑身上下没心肝。”

陀螺

善于跳独脚舞
敢与黑旋风比速度

不管风雨怎样评说
只正视自己的立足点

——点正
　　旋转

2007年3月2日

〈点评〉　至言无言。

锁头

单身太寂寞
寻找到配偶

拥抱 接吻

顷刻
锁住他人
也锁住自己

2009年3月6日

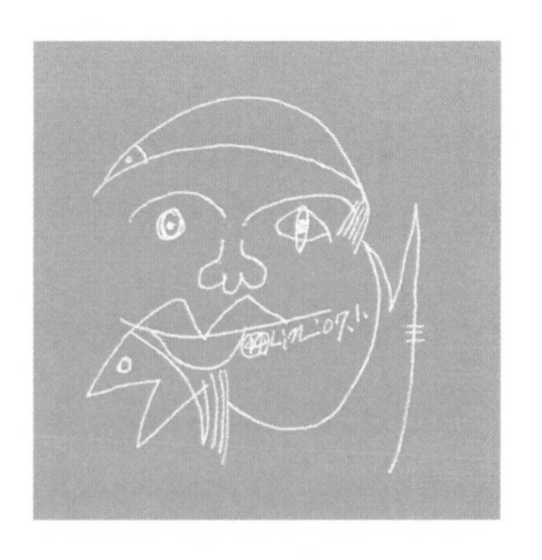

〈点评〉　咏物，入其内，出其外。

火车

老祖宗留下
一个紧箍咒:
不许越轨一步

正正直直走
拐弯抹角
回去见老祖宗

2004年11月9日

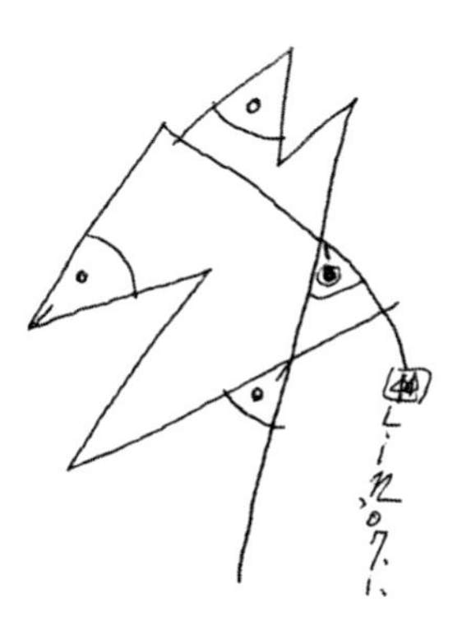

〈点评〉 这样写火车，妙篇！

跳绳

一个欲飞的滚圆
想乘风飞天

尽管怎么跳
十个脚趾
始终“点”着地面

2007年4月16日

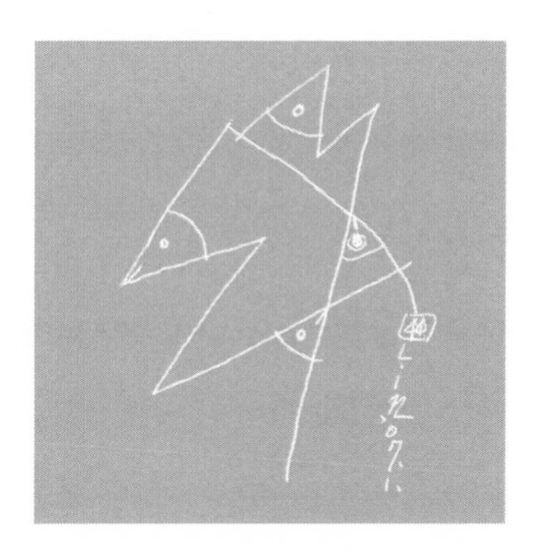

〈点评〉　好诗何止于通，何止于工？好诗是无言的沉默。

火柴

自有电灯后
我的名字渐渐被淡忘了

名字是过眼风云
我不在乎

怕只怕
保不住那点火种

2008年2月4日

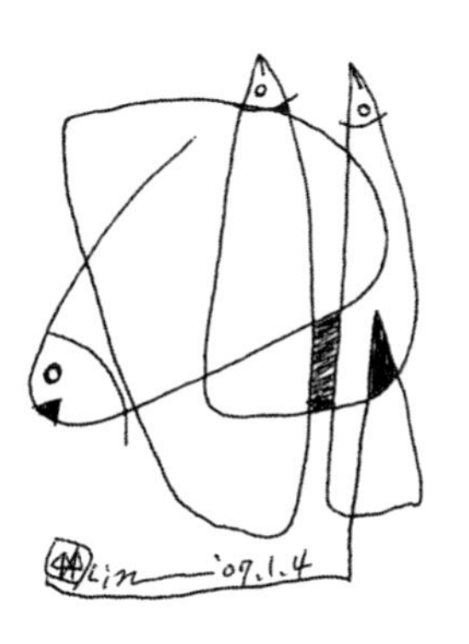

〈点评〉　好诗“至苦而无迹”。

烟花

天空是个竞技场
我静悄悄地等待

一旦有机遇
挺身肉搏

满天五彩缤纷

2006年5月11日

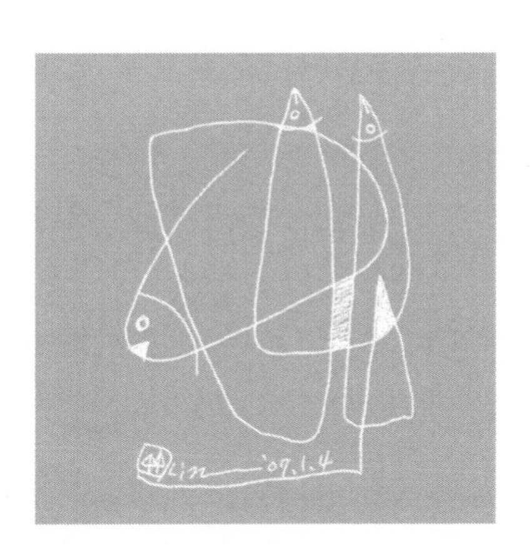

〈点评〉　文醒诗梦。

夜明珠

有光就让
无光就站出来

心中
隐匿
一个对抗黑暗的光体：

翡翠　晶莹　透亮

2008年11月1日

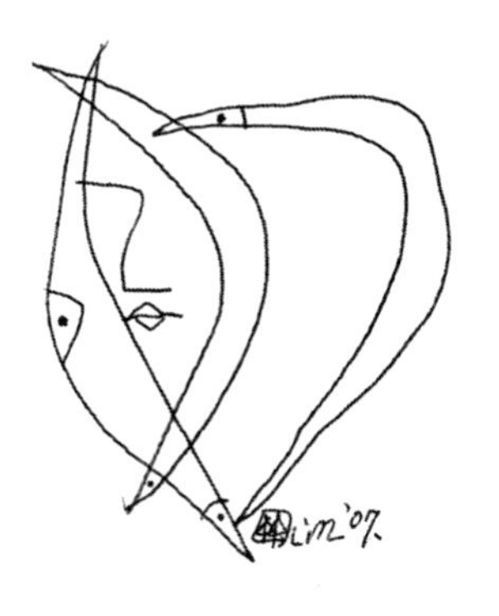

〈点评〉　对抗“夜”的“明珠”。

春来了

地球发情
一股脑儿把天吐绿

风从天边走来
敲着铜锣:
春来了！春来了！

2008年2月8日

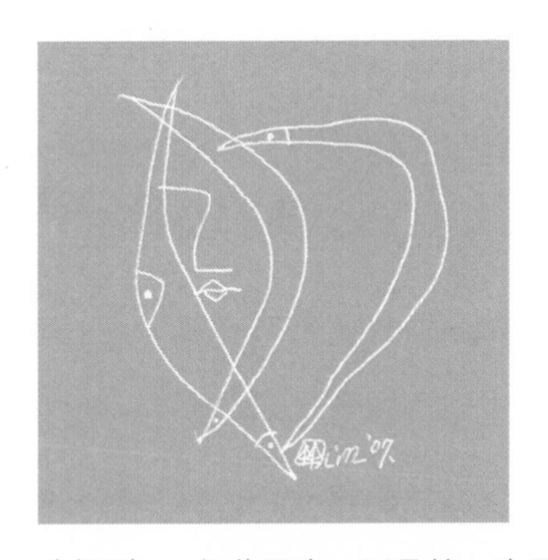

〈点评〉　如此写春，还是第一次见。
〈点评〉　诗是生命的言说。所以，由荣而枯的秋，由枯而荣的春，都得诗的青睐：它们与生命的流动暗合了。

春牛

翻一个懒身
什么宿怨都忘了

睁开眼
河边长满青青的野草

尾巴一甩
拖着铁犁耕田去

2009年3月1日

〈点评〉　犁耕春天。

抱春

春天来，大地笑了
孙子来，我笑了

抱着孙子
如抱着春天

满眼花朵
天地人间灿烂

2009年3月19日

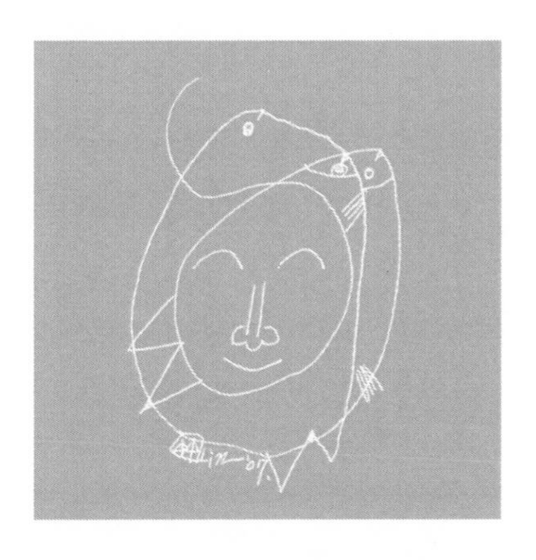

〈点评〉　风来花底鸟声香。

湖边垂柳
——《柳三景》之一

孤独
站在湖边
饮水

一阵清风
爽一身

2007年12月28日

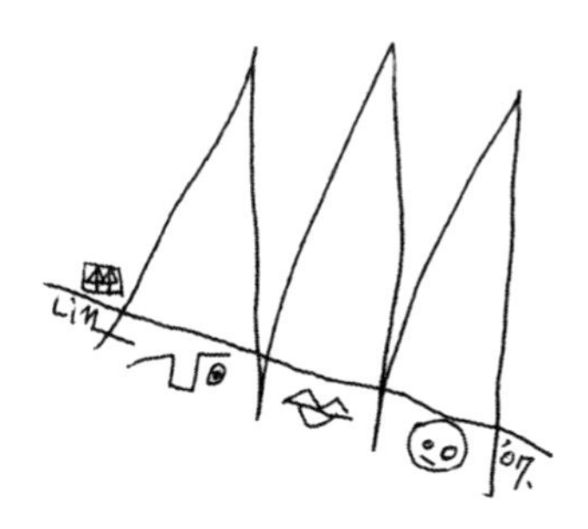

〈点评〉　诗者，寺人之言。
〈点评〉　不粘着外形，传神之笔。

柳与湖

——《柳三景》之二

依依垂柳
划破水面的涟漪

清清湖水
摄下婀娜的身姿

2008年1月1日

〈点评〉　动与静。
〈点评〉　喜写柳，怒写竹。

自然友邦

——《柳三景》之三

三月里
湄南河畔
燕子衔来柳枝

杭州西湖
正等它回归

2008年1月5日

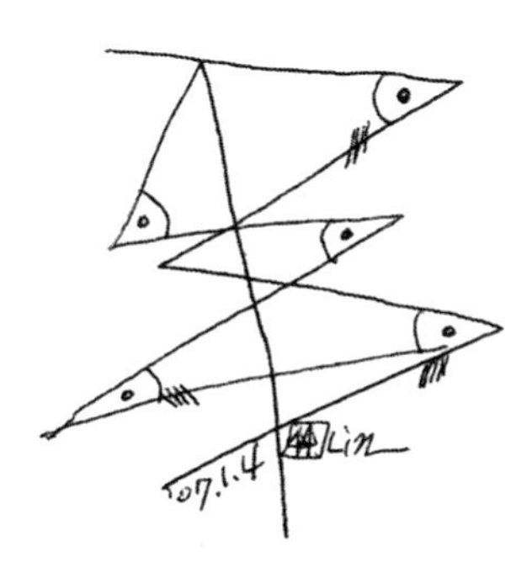

〈点评〉　蜂蝶纷纷过墙去，却疑春色在邻家。

大自然的儿子

天空下
在地球一方耕耘

闲时
看看地上的花木
累了
瞧瞧天外的飞鸟

2004年8月10日

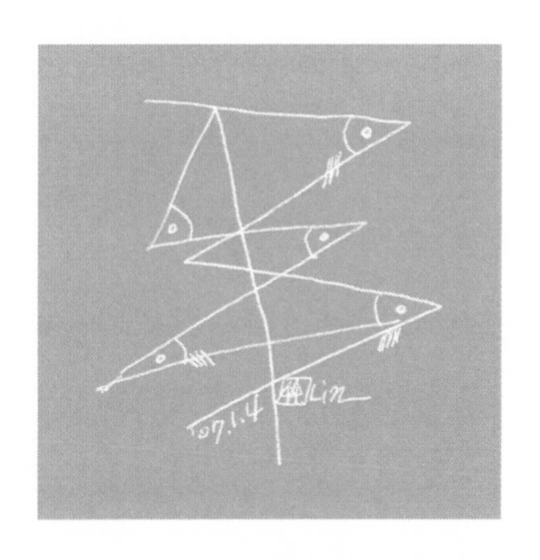

〈点评〉　相看两不厌，只有敬亭山。

卷四

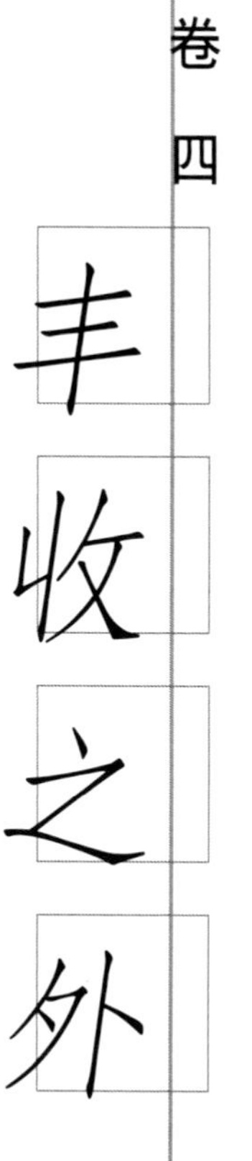

丰收

五月的芒果
一树金黄的果实

勾摘一个
掉下三五个
地下还有七八个
兜在怀里又滑下两三个

2004年9月20日

〈点评〉　数字活用，诗趣盎然。大珠小珠落玉盘。

休闲

步入庭园
与花谈话

好话　情话　梦话　废话
怪话　诳话　谎话　坏话
风凉话　牢骚话　枕边话……

总是心有灵犀一点通

2005年9月27日

〈点评〉　倾诉对象是花，诗人雅致。

盆景

远看是个小不点儿
近看是幅画

它会悄悄告诉你：
在艰苦的岁月
怎样活得更美！

2006年3月9日

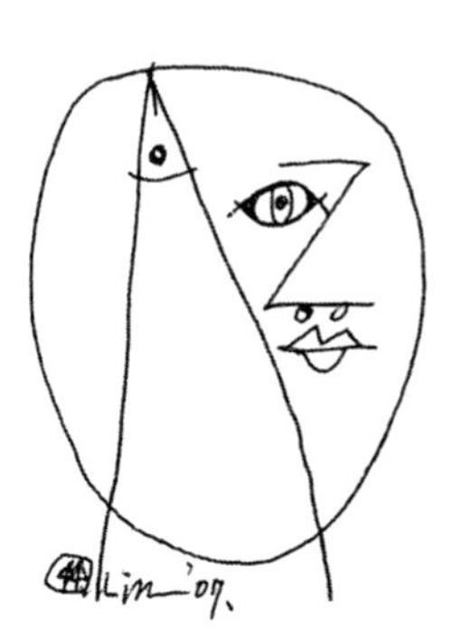

〈点评〉 只“离”不“即”，轻薄浮滑，捕风捉影；只“即”不“离”，粘皮带骨，平庸无诗。此诗的火候恰到好处：若即若离。

庭园

三棵芒果树
一间小亭子
一湖青草地……

闲坐石凳上
翘起二郎腿
静听篱笆上牵牛花的歌声

2004年7月4日

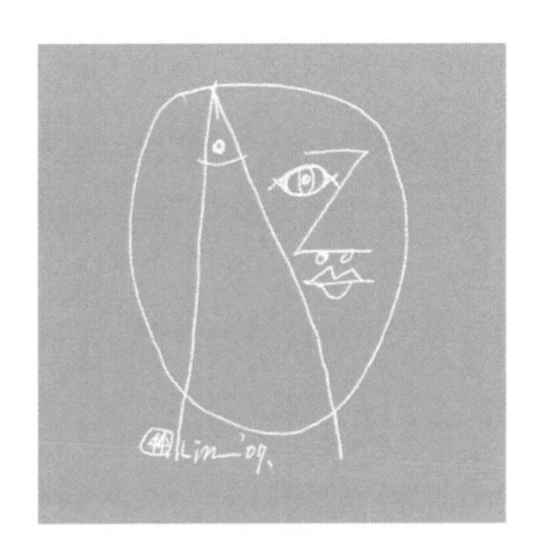

〈点评〉　于无声处听歌声，诗人通感。

问花

人人爱你的秘密：
丽质＋芬芳？
——摇头

丽质＋芬芳＋无语？
——点头

2006年5月20日

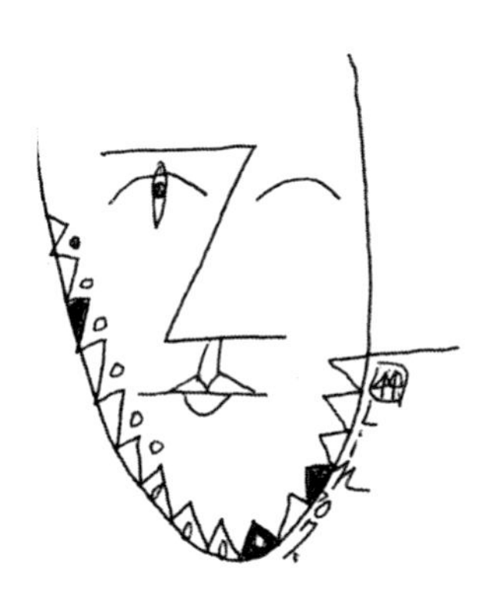

〈点评〉　“无语”是诗眼。

花语

沐浴雨淋的欢愉
与晨露接吻的甜蜜

芬芳被风带走的怨言
花蜜被蜂偷去的诅咒

——这些花语
只有诗人听到

2007年2月7日

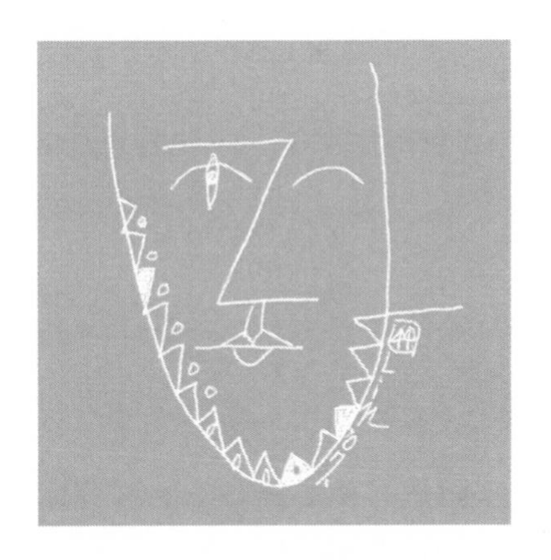

〈点评〉　从无形中看出有形，从无声中听出有声，诗人也！
〈点评〉　视于无形，听于无声，乃真诗人也！

牵牛花

老祖宗教我：
背着喇叭往上爬

中国神州六号上天
我爬得最高
吹得最响

2006年2月25日

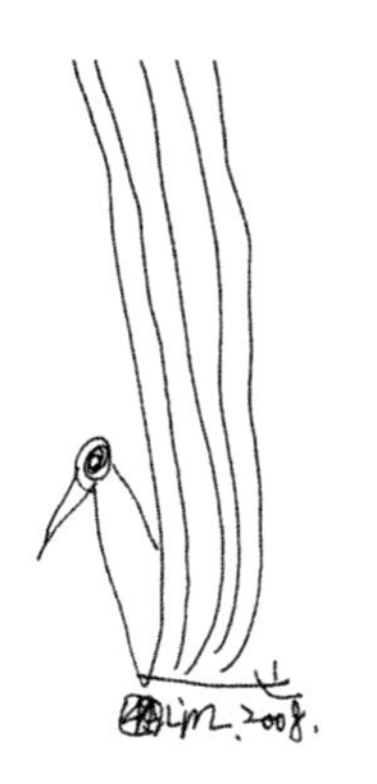

〈点评〉　记起流沙河的同题诗：“左旋左旋，升高升高。种可入药，名叫黑丑。”这是中国的牵牛花，泰国朋友未必能懂。

腊肠花

——泰国国花

黄色的云朵
从高空层层叠叠垂下

它靓丽地向天下展示：
脚下
是一块微笑的国土

2005年6月12日

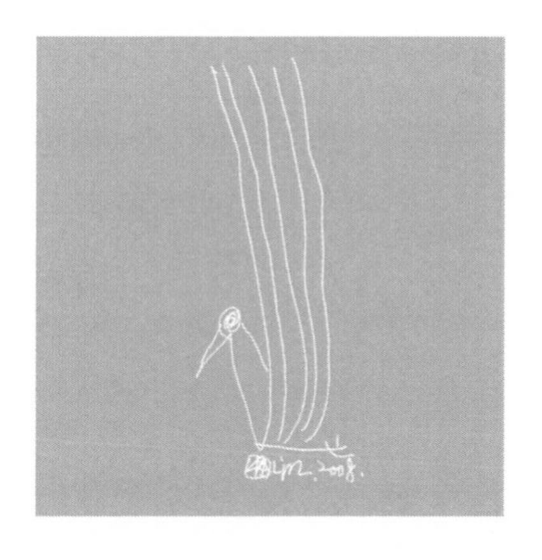

〈点评〉　微笑的国土，因为是佛光照耀的国土。

石榴

绿叶总在笑
它却嘟着嘴
而且越嘟越厉害
甚至涨红了脸

一生只最后咧嘴
一笑

2006年4月12日

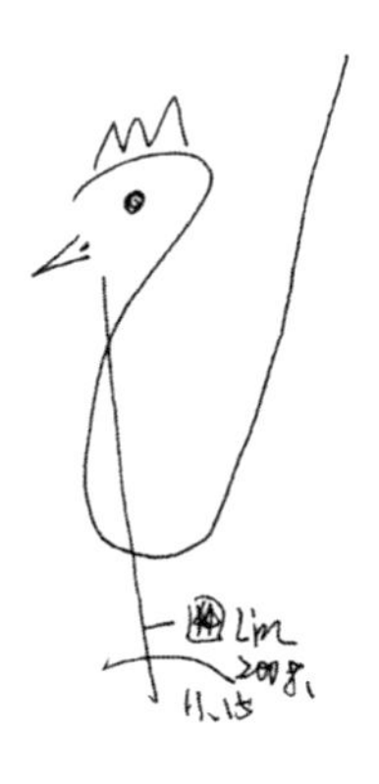

〈点评〉　似而不似，不似而似。

椰子

哪儿找净土？
绿叶尘染
根触浊水

唯有我那圆果壳
保存一壶最圣洁的水

2006年5月18日

〈点评〉　从环保的角度咏椰子，发前人之未发，诗人慧眼。

芦苇

自见到了天日
便一股劲儿往上长

等到满头皆白
始悟：
挺立招风险
灵活“摇摆”的重要

2005年6月22日

〈点评〉　别有所悟，故不落寻常蹊径，曾心的“芦苇”也。

笋

草　严盖大地
不让我出头露面

一夜春雨
我破土而出：

“等我成竹时，
给你绿荫！

2007年3月9日

〈点评〉　“好雨知时节，当春乃发生。”

苦瓜

历练　痛苦的
种子　甜蜜的

熬煎了一个季节
皱了

皱了一身
菜谱上才有了名字

2008年2月5日

〈点评〉　“皱”是诗眼。
〈点评〉　能刚能柔，忽敛忽纵，似而不似。

网鱼

桨声处
飞出一曲非常渔歌

船头的渔夫
赶着落日
撒向江心
打捞最后一网希望

2004年8月10日

〈点评〉　“希望”能“打捞”，诗家语也！

聆听

捧勺　湄江水
聆听——

泰北山脉的寂静
泰海湾波涛的喧闹

唯一听不到
曼谷城里的鸟啼声

2004年11月9日

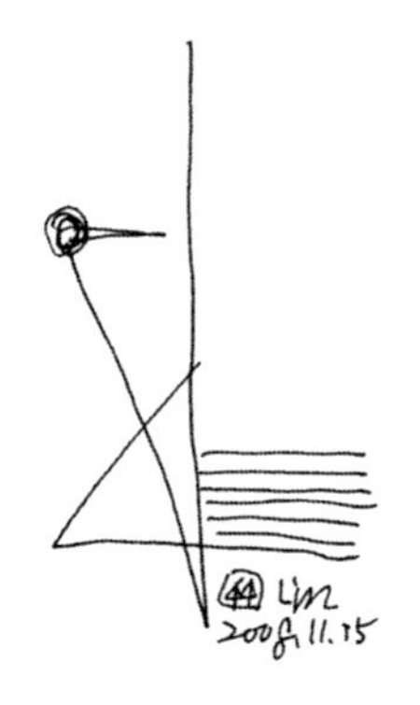

〈点评〉　文醒诗醉，无理而妙。

照片

用眼睛
拍摄湄南河

由水冲洗
飘到远方

让世界的眼睛
饱赏微笑国度的风光

2004年6月16日

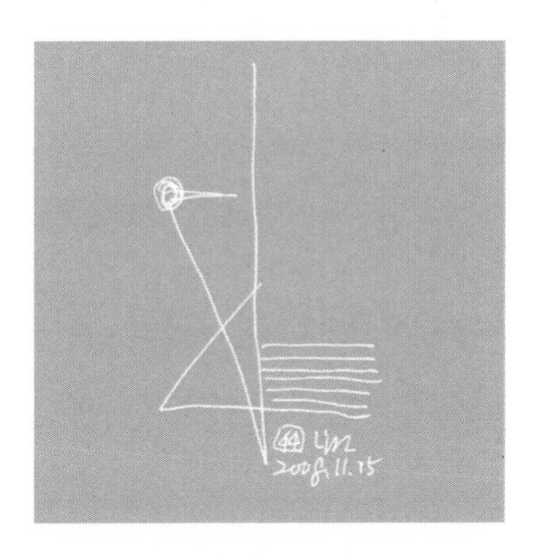

〈点评〉　佛光辉映的国家。

卷五

湄南河之外

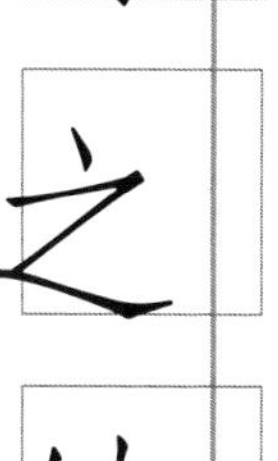

湄南河

悠悠地
微笑地
南流……

一条不息的国脉
镕铸着佛国儿女的性格

2004年3月26日

〈点评〉　诗人找到了悠悠微笑的佛国儿女的象征。

鼓浪屿

大自然是个农艺大师
从女娲补天捡来几块奇石
从神农架移来奇花异草

在碧波荡漾的鹭江上
塑造一盆天下第一的山水盆景

2006年3月31日

〈点评〉 情中景比景中情难写。将鼓浪屿写成盆景，妙语。

漓江

船在山中行
山在水里走

才吻神笔峰
又抱九马山……

转眼间
通统被云雾抱走

2008年10月28日

〈点评〉　诗可以观。

一线天

不知
哪个朝代的好汉
错劈一刀

铁石心肠
便见到天光

2003年7月11日

〈点评〉 山水诗最忌作应酬山水语。优秀山水诗都是诗人别有想象，别有寄托，山水诗是人文山水。此处的一线天是诗的一线天，有诗人的发现、沉思与创造。

火山

本是心中一团火
要为人类事业燃烧

无奈受到压制
使我一直处于
忍与爆之间

2003年11月11日

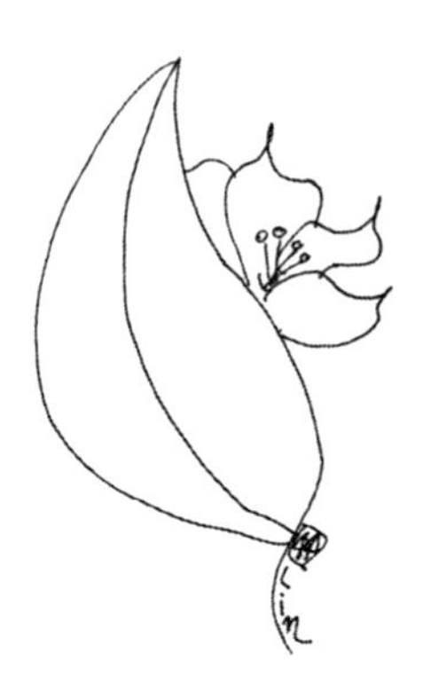

〈点评〉　象外精神言外意，道是无情却有情。

海螺

生时
不敢与大海比高下

死后
却被吹得响于浪涛

2003年8月8日

〈点评〉 味外有味。非有丰富人生阅历者难寻此诗。

在海滩
谁都不理睬我
甚至踩在脚底下

他们都不理解我的眼睛
——认识大海
　　认识宇宙

2006年7月12日

〈点评〉　可和相反诗意的鲁藜的《泥土》比照，自有诗趣。

孤岛

远处的孤岛
生活在波涛万顷中

它吟不出陶渊明的田园诗
只能讲述世事无常的故事

2006年3月9日

〈点评〉　佳句。四行诗句，千言万语。

浪花

跳出母亲的怀抱
追风逐雨

咯咯的笑声
突然撞到山脚
碎了
洒下尽是泪

2006年6月1日

〈点评〉　古今写浪花者无数，唯此诗独出机杼，余味无穷。

变色

蔚蓝的海洋
突然翻个身

滚动的浪花
一片白

2006年9月13日

〈点评〉　以心观物。

海潮

一袭蔚蓝
跳舞来

把衣裳脱在海滩
网一囊沧桑
沉重
回去

2006年9月1日

〈点评〉　轻与重交错出的诗情。

水

草木皆笑我
傻
总是往低处走

我无悔无怨：
“生性清白
不懂怎样往上爬”

2006年4月19日

〈点评〉　会景而生心，自有灵通之句。

冰

晶莹剔透
没有一点私心

看我溶化后
一无所有

2005年6月16日

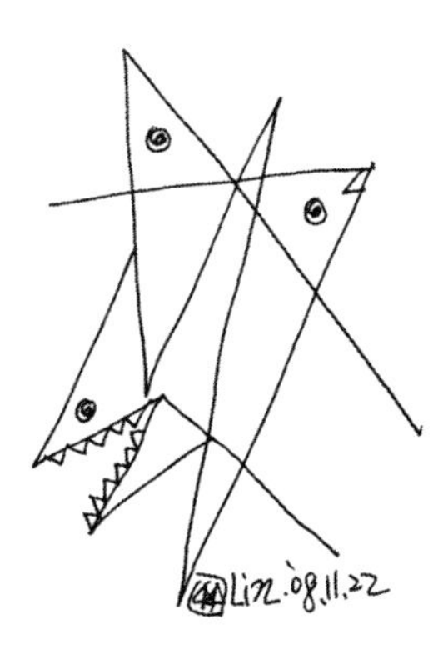

〈点评〉　冰即人格。墨气所射，四表无穷。

瀑布

X个水孩子
从奇特绝壁奔出

一级又一级
欢乐地跳水

浪花飞溅四季

2008年1月18日

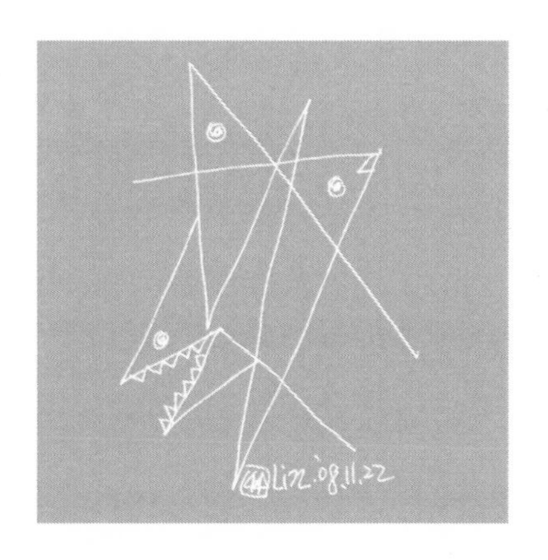

〈点评〉　瀑布诗多多，此诗别出蹊径。
〈点评〉　诗人之情，不择地而自出。

探海

站在海岸
总不知海有多深

一个海浪提醒我：
请小溪入海时
拿把尺子量量身

2006年8月15日

〈点评〉　哲语。年轻人不可不读，轻浮者不可不读。

鲨鱼

在海里当王
想到陆地较量

才露出水面
就被捕捉去肢解

它最最精华部分
在中国城鱼翅酒楼展示

〈点评〉　海阔凭鱼跃，天空任鸟飞。但这“海”，这“天”，都是铁门槛。世界上没有绝对的飞跃空间。此为生存哲学半夜传家语。

海的回馈

百川归大海
不敢占为已有

化为云
飘到天边

结成雨
洒回大地

2009年5月8日

〈点评〉　诗人的海无处不在。

鹅

不像天鹅那样高贵
在地上唱歌没人听

只好把脖子伸得长长
好歹唱给蓝天听

2005年3月30日

〈点评〉 “曲颈向天歌”的现代表达。

雄鸡

黑夜
天地无界线

东方鱼肚白
只等待
雄鸡一啼叫

2005年8月19日

〈点评〉　雄鸡一唱天下白。

鹦鹉

美丽的羽毛
掩盖了内心的痛苦

每个字每句话
都不是自己的意思
只缘脚上锁着小铁链

2005年8月19日

〈点评〉　诗尾妙极，整首诗一下子就亮了。

一瞥惊心

一架弹弓
拉紧

嗖地
惊飞一只鸟，
打落几片黄叶

2003年1月3日

〈点评〉　诗人守护生灵之情。

鸟的自由

地面太多交易
跳到树枝上生活

啊！高空多自由
我正奋力飞起

忽闻背后有枪声

2008年4月3日

〈点评〉　北岛的诗《生活》只有一个字：网。
〈点评〉　有跳楼的自由，就有死亡的自由。

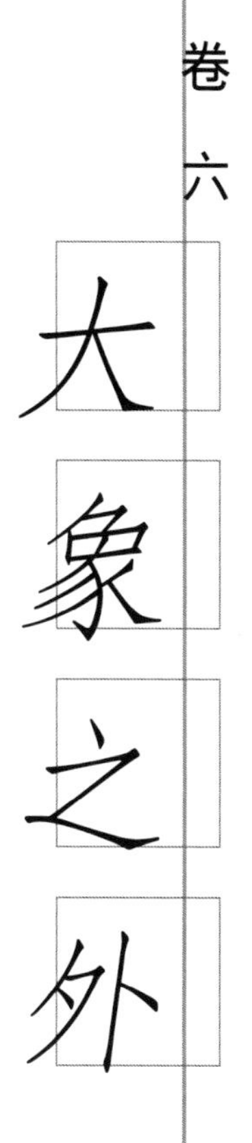
卷六
大象之外

大象

一辈子吃素，
谁敢跟它比气力？

身一动，
拉走一座森林；
鼻一卷，
把地球当球玩！

2003年11月15日

〈点评〉　气力来自吃素。此乃佛家语。

燕窝

扒在岩壁上哭泣：
辛辛苦苦筑的巢
又被窃走了

从城里跑来的风说：
那带血的燕窝
在宴席上正腾腾冒烟

2008年12月5日

〈点评〉　诗人说的岂止是燕窝。

牛

稻田中
灌满
它的血汗

热锅里
炖烂
它的筋肉

2003年7月2日

〈点评〉　为牛一叹，为牛一哭！

萤火虫

平凡的一生
只求做好一件事：

提着灯笼
给行人照明

2004年1月18日

〈点评〉　在诗看来，平凡胜伟大。

蝉

发现复杂的天地
只由“阴阳”建构
便鼓动薄翼
欢乐喊叫:
知了!知了!

2004年1月10日

〈点评〉　对声音的模拟，是诗的常用手法。熟悉的如刘大白的“布机轧轧，雄鸡哑哑”，徐志摩的“沙扬娜拉”，邵燕祥的“尼切沃”。

螳螂的大腿

一个黑影扑来
它奋力一跳

触须搓着大腿
觉得脚力尚好

昂首
向高空再作腾飞

2008年2月9日

〈点评〉　“再作”精神，宝贵财富。

蛤蟆的真实

其实
想吃天鹅肉
我未曾做梦过

一生不敢抛头露面
只藏在穴洞巴望
夜里有更多蚊子飞过

2008年3月17日

〈点评〉　艺术来自生活，又不是生活。不必计较

蜗牛

天上，总是看不到
地上，却走出条条泥泞的路

2008年1月29日

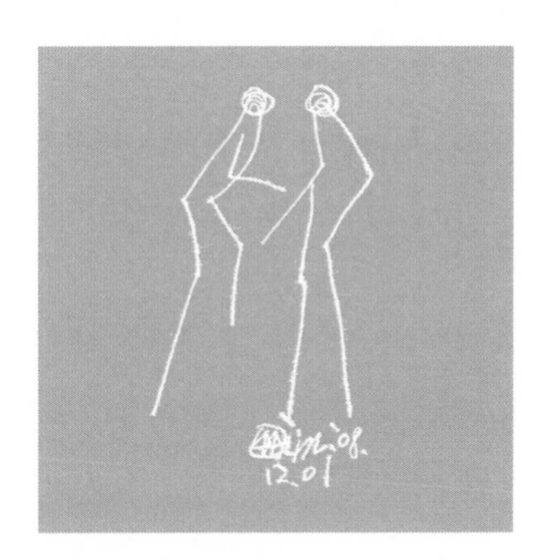

〈点评〉　蜗牛精神。

蚂蚁

从寒冷的黄土高原
搬到热带的黑土地
从充满阳光的地上
搬到暗无天日的地下

“土窑”还没建好
又悉今晚子夜洪水将氾滥

2008年4月3日

〈点评〉　蚂蚁的意象是创造。

一尾鱼的发现

当走投无路时
便向水面一跃
竟发现
一个比海更宽阔的天

那晚他做了个奇怪的梦：
自己的鳃换成了肺

2008年3月28日

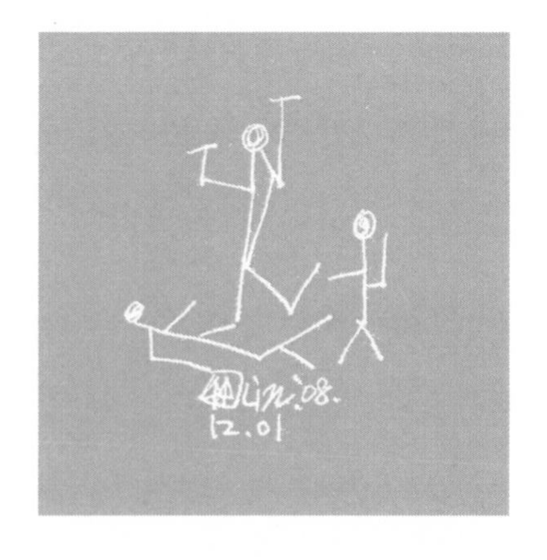

〈点评〉　人生常有这“一跃”。

池鱼

到大海会淹死
在缸里会闷死

在喷泉底下
悠哉悠哉
充分展示自己的游技与亮丽

2007年3月7日

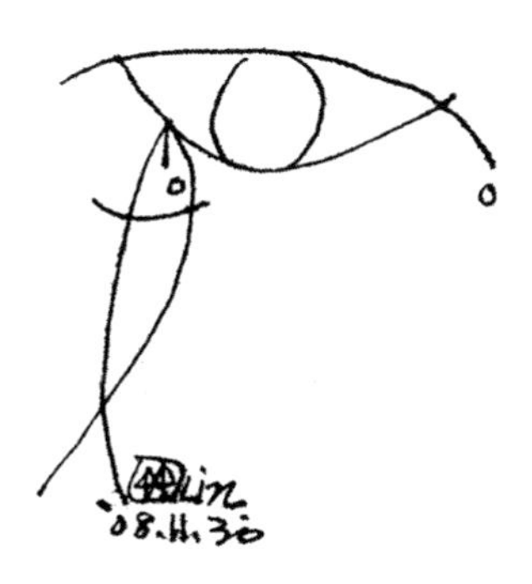

〈点评〉　良田万顷，日食一升；华宅千间，夜眠五尺。老子曰：知足者富。

池鳄

忘了用尾巴的反击力
刚生下的一窝蛋被人偷走

想到亲生骨肉
不知落到何方

从没流过泪的双眼
终于泪水汪汪

2009年5月12日

〈点评〉　工于捕捉特征。

龟

遭受欺压
把头缩成一块硬石

过后
继续走路

2004年11月8日

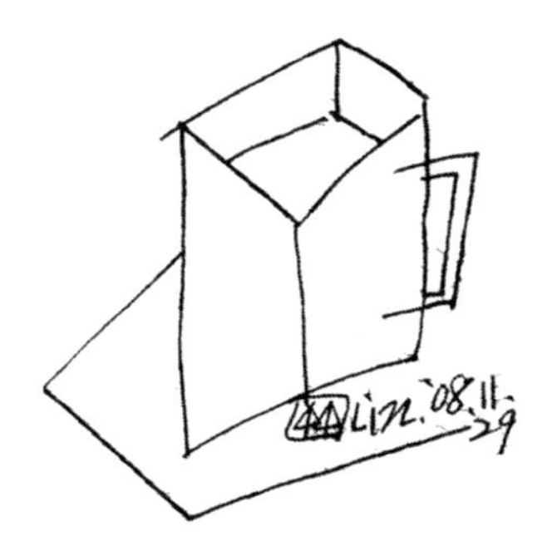

〈点评〉　弱者的力量，诗人的共鸣。

龟的决心

天有多高
地有多厚

龟戴着帽子
拄着拐杖
拿起测量仪器
决心做一次惊天动地的勘察

2008年1月1日

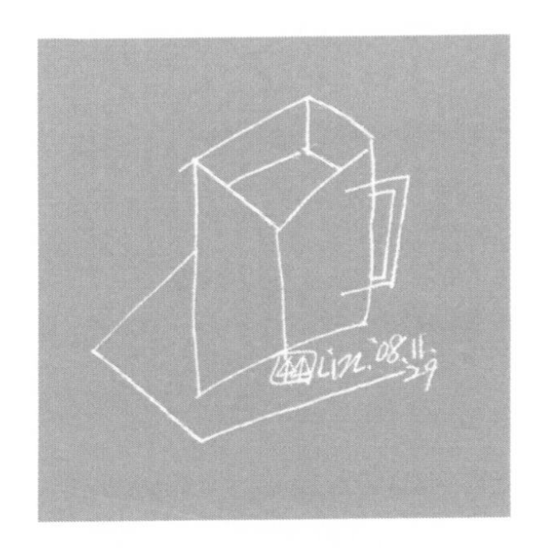

〈点评〉　有知者知畏，畏天地，畏圣人之言。无知者无畏。

石磨飞转

八位志愿者
把五千年的石磨推动
夜以继日

春风迎来名师指点
石磨飞转
磨出一个小诗的春天

注：小诗磨坊2006年7月1日于曾心艺苑小红楼成立，成员7＋1。即泰国的岭南人、曾心、博夫、今石、苦觉、杨玲、蓝焰；台湾的林焕彰。2008年2月5日，中国驻泰王国大使张九桓莅临小诗磨坊指导，并在小诗磨坊亭喝茶谈诗，题赐了墨宝："精彩在多磨"。

2008年2月5日

〈点评〉　好诗多磨。

小诗磨坊亭

风儿到这里
驻了脚
醉——诗人的自由谈

鸟儿到这儿
停了歌唱
惊——磨坊里磨出的诗

2006年11月7日

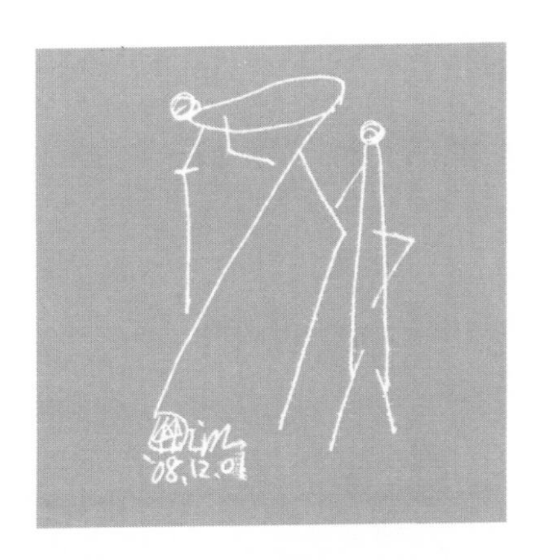

〈点评〉　第一个这样的磨坊，难怪风醉鸟惊。
〈点评〉　诗意世界，风驻鸟静。

雨中品茗

亭内
我与风一起茗茶侃艺

亭外
雨，独站
品味壶嘴吐出的小诗

2009年1月29日

〈点评〉　茗中品雨。

玩诗

寻觅生活中
零散的星星

一个个吞进肚子
连梦带血
呕成
有规则有情感而成行的星星

2009年4月6日

〈点评〉　从平凡生活吸入，从诗人心灵吐出。

寻找

在黑夜行走
我用眼寻找
——旷野的萤火

在黑夜行走
我用心寻找
——流动的诗行。

2007年3月1日

〈点评〉　人类在，诗就在。

囚萤火

黑夜　屋前屋后
捕捉到的萤火
一个个囚进心房里

十年八载后
把它放出
飞成一行行闪烁的诗

2008年12月28日

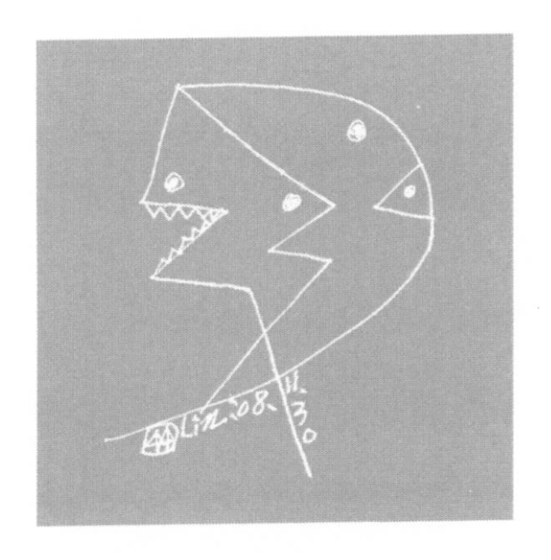

〈点评〉　句句深夜得，心自天外归。

与缪斯相约

深夜
独坐小船
与缪斯相约

心动
船摇
抖落满天星斗

2005年3月15日

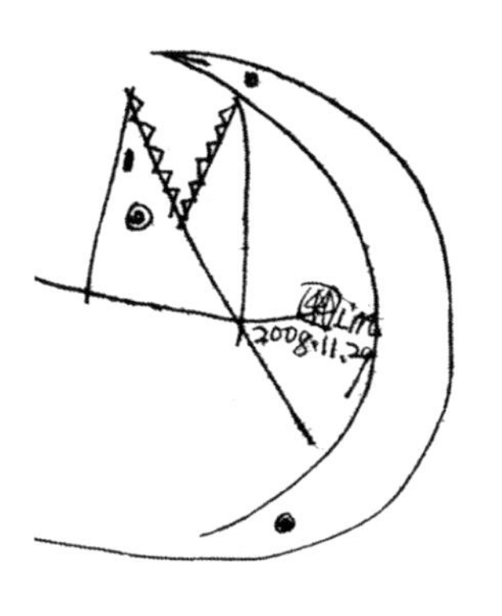

〈点评〉　悠然“独坐”，诗人境界。

灵感

脑中一片空白
突然
灵犀一点心中来

笔端
与日月星辰对话
与天地之神对话

2006年2月25日

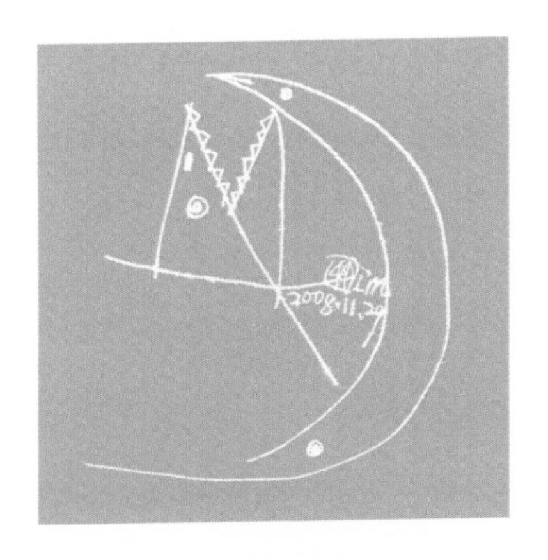

〈点评〉 长期积淀，偶然得之。“突然”升华，宛如神助。

诗国梦

水上漂流的花瓣
是我心中的凋零

孤独的我，茫茫然
漂到一个奇异的国度

哇！那儿不食五谷
全是五谷酿成的酒

2007年2月9日

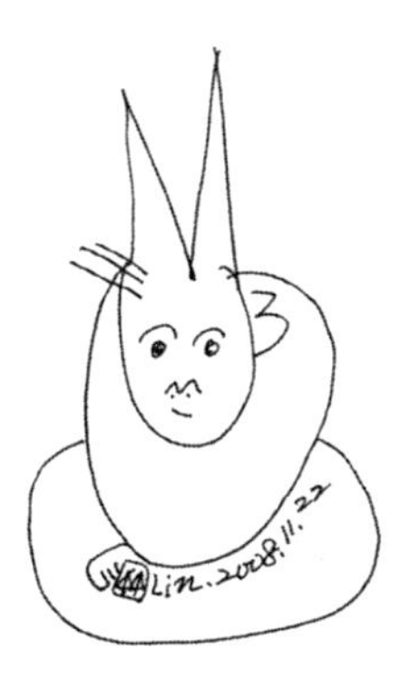

〈点评〉　文与诗均为五谷。文，炊而为饭；诗，酿而为酒。饭未变形，满足物质需求；诗已质变，与精神为伴。

冰箱

感情煮腾的文字
放进冰箱冷冻
把水分吸干　再吸干

冷处理的文字：
多一个太多
少一个太少

2009年1月6日

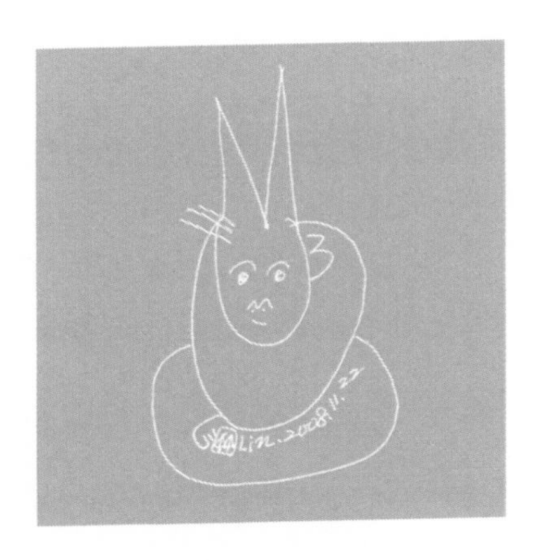

〈点评〉　懂诗之语。

价值

门前那棵老树
要我把诗写在绿叶上
好让风朗诵

一阵狂风，纷纷飘零
清道夫把它扫进垃圾桶

哦！我的诗到哪儿了？

2006年11月30日

〈点评〉　诗从（诗人的）内心走进（读者的）内心。放在其他地方均不可靠。

绿洲

海那边
是我梦里的绿洲

日出而作
日落不息

种的农田
长的都是方块字

2009年6月4日

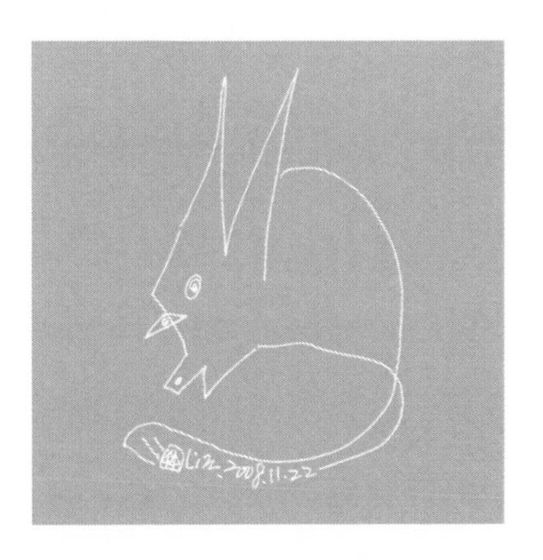

〈点评〉　“只恐双溪蚱蜢舟，载不动，许多愁。”

我与书

书在我眼里是海洋，
我在书心里是只船。

我问：何时到达彼岸？
书说：别问彼岸。

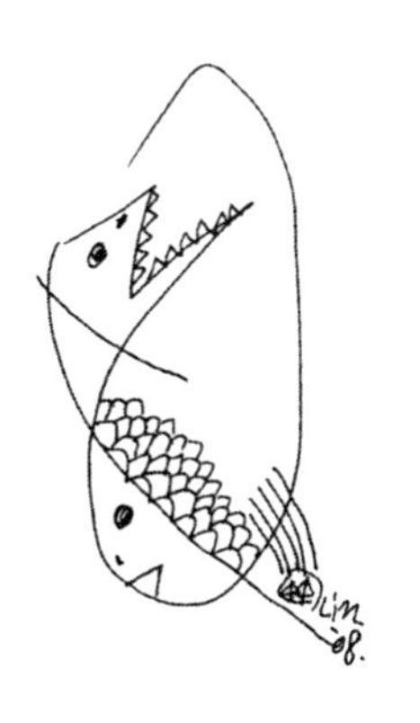

〈点评〉　书海无涯。

国家图书馆出版品预行编目

玩诗，玩小诗：曾心小诗点评 / 曾心著. -- 一版. -- 台北市：秀威资讯科技发行, 2009. 11
面； 公分. -- (语言文学类；PG0298)
BOD版
简体字版
ISBN 978-986-221-313-1（平装）

851.486 98018873

语言文学类 PG0298

玩诗，玩小诗——曾心小诗点评

作　　者 / 曾　心
点　　评 / 吕　进
主　　编 / 林焕彰
发 行 人 / 宋政坤
执行编辑 / 蓝志成
图文排版 / 郭雅雯
封面设计 / 萧玉苹
内页插图 / 林焕彰
数字转译 / 徐真玉　沈裕闵
图书销售 / 林怡君
法律顾问 / 毛国梁　律师
出版印制 / 秀威资讯科技股份有限公司
台北市内湖区瑞光路583巷25号1楼
电话：02-2657-9211　传真：02-2657-9106
E-mail：service@showwe.com.tw
经 销 商 / 红蚂蚁图书有限公司
台北市内湖区旧宗路二段121巷28、32号4楼
电话：02-2795-3656　传真：02-2795-4100
http://www.e-redant.com

2009 年 11 月　BOD 一版
定价：240 元

讀　者　回　函　卡

感謝您購買本書，為提升服務品質，煩請填寫以下問卷，收到您的寶貴意見後，我們會仔細收藏記錄並回贈紀念品，謝謝！

1.您購買的書名：____________________

2.您從何得知本書的消息？

☐網路書店　☐部落格　☐資料庫搜尋　☐書訊　☐電子報　☐書店

☐平面媒體　☐ 朋友推薦　☐網站推薦 ☐其他__________

3.您對本書的評價：(請填代號　1.非常滿意 2.滿意 3.尚可 4.再改進)

封面設計____　版面編排____　內容____　文/譯筆____　價格____

4.讀完書後您覺得：

☐很有收獲　☐有收獲　☐收獲不多　☐沒收獲

5.您會推薦本書給朋友嗎？

☐會　☐不會，為什麼？____________________

6.其他寶貴的意見：____________________

____

____

____

讀者基本資料

姓名：____________________　年齡：______　性別：☐女 ☐男

聯絡電話：________________　E-mail：____________________

地址：____________________

學歷：☐高中(含)以下　☐高中　☐專科學校　☐大學

☐研究所(含)以上 ☐其他______________

職業：☐製造業 ☐金融業 ☐資訊業 ☐軍警 ☐傳播業 ☐自由業

☐服務業 ☐公務員 ☐教職　☐學生 ☐其他__________

請貼
郵票

To：114

台北市內湖區瑞光路 583 巷 25 號 1 樓

秀威資訊科技股份有限公司　　收

寄件人姓名：

寄件人地址：□□□

(請沿線對摺寄回,謝謝!)

秀威與 BOD

BOD（Books On Demand）是數位出版的大趨勢，秀威資訊率先運用 POD 數位印刷設備來生產書籍，並提供作者全程數位出版服務，致使書籍產銷零庫存，知識傳承不絕版，目前已開闢以下書系：

一、BOD 學術著作—專業論述的閱讀延伸
二、BOD 個人著作—分享生命的心路歷程
三、BOD 旅遊著作—個人深度旅遊文學創作
四、BOD 大陸學者—大陸專業學者學術出版
五、POD 獨家經銷—數位產製的代發行書籍